砂嵐に星屑

一 穂 ミ チ

幻冬舎文庫

砂嵐に星屑

目次

〈春〉資料室の幽霊《ゴースト》

大阪の日の出は、東京より三十分くらい遅い。久しぶりに大阪に戻ってきて、まだ住み慣れないマンションのベランダからなかなか明るくならない東の空を眺め、そうだ、昔も同じことを考えてた、と思い出した。進歩がない。東京で生まれ育ち、就職で大阪に移って十年暮らし、東京へ異動してまた十年、そして今。どっちが自分にとっての「ホーム」なんだろう。それぞれにお気に入りの場所、親しい相手、喜怒哀楽の思い出がありながら、決められない。比べられないほど両方に愛着がある、というわけじゃなく、どっちもぴんとこない。地図上のどこにピンを刺していいのか未だにわからないし、これからもそうなのかもしれない。

まあでも、どこにいたって空はあるし、こうして夜と朝の境目を静かに眺めていられたら、それだけでありがたいのかな。午前五時半のベランダでパジャマの上にブランケットを羽織り、紅茶がたっぷり入ったマグカップ片手に、邑子《ゆうこ》は思う。十二階からの景色はマンションやオフィスビルが建ち並ぶ、これといった特徴もない「ただの街」だけど、夜の紺色をじわじわ染め上げていく暁の橙色がバックに広がっていれば何だって美しい。これで、目覚めが小鳥のさえずりなら文句なしのすがすがしいシチュエーションなのに、残念ながら脚が攣《つ》った痛みで覚醒してしまった。うう、と誰もいない部屋でつま先を抱え込んで漏らした呻き声はおかしくも侘《わび》しい。水分不足とかカリウム不足とか考えられる原因はいろいろあるらしいが、邑子の実感としては、「若い頃はこんなことなかったのに」に尽きる。攣りやすいって症状、更年期障害にあったっけ？

左のふくらはぎにはまだごろごろした違和感が残っていて、体重をかけると痛んだ。いて、とつい口にし、いつからこんなナチュラルに独り言が出てくるようになったんだっけ、と考えてみる。わかんないな。

そうして無為に佇んでいる間にも夜の色が巻き上げられ、建物の窓やアンテナが朝陽に照らされて輝き出す。ああ、朝がくる。夜明け前は穏やかでいられるのに、朝の光が身体のすみずみにまで行き渡ると、希望ではなく焦りが顔を出して落ち着かない気持ちになった。

また、退屈な一日が新しく始まってしまう。

ストップウォッチ片手にニュース原稿をざっと下読みして、尺の感覚や、つまずきそうな箇所を確認する。文言の切れ目、間違えてはいけない固有名詞、苦手なカ行の発音……ところどころに赤ペンでチェックを入れた。

「ごめん、これ、差し替え、建設課やのうて土木建設課やった」

新しい原稿が差し出され「ありがとうございます」と目線を上げると、十年ぶりに見る顔があった。

「わ、中島《なかじま》さんお久しぶりです」

「おお、シフトのせいか、帰ってきて全然会わへんかったなあ」

「すみません、ご挨拶に行かなきゃと思ってたんですけど、先週引っ越してきたばっかりでばたばたしてて……」

「ええよええよ、転勤て大変やもんな。それにしても、三木《みき》ちゃん全然変わってへんなあ」

そんなわけはないが、中島の場合、お世辞ではなく単に十年前の邑子をよく覚えていないだけの可能性もある。

「同窓会のナンパみたいな台詞やめてくださいよ、ていうか中島さんは変わりましたね」

胴回りとか生え際とか……と言わずもがなの部分をイジると「うわーやめてくれ」と耳をふさぐまねをした。中島は邑子より十年近く先輩だが、ニュース番組のデスクという肩書きに似つかわしくないおっとりした見た目と人柄で、踏み込んだ冗談も許容してくれる。報道畑はそこそこ長いのに、邑子は未だにこの男が誰かを追い詰めたり何かに切り込んだりする場面を想像できない。

「ああ、そういうとこ変わんない、なにわテレビイチの癒し系、ほっとします。カピバラ見てる時とおんなじ気持ちになる」

「それ悪口やないか」

「違いますよ。あ、そうだ、仕事の話……来月の福岡ロケ、宮下《みやした》くんでって話でしたけど、彼、急きょインタビュー入っちゃって」

先方からのご指名で、と去年のホームラン王に輝いたプロ野球選手の名前を出すと、中島は「そうかあ」と腕組みした。

「ほなしゃあないな。宮下、リアクションええから営業物件の旅ものに最適やねんけど……大河内《おおこうち》は？」

「あの子も結構予定詰まってて。あと、半年前から友達と旅行の予約してますーって言ってたのはいつだったかな？　ちょっと確認して、またご連絡します」

「うん、よろしく」

中島は邑子を見てちょっと笑った。

「何ですか？」

「いや、三木ちゃんも後輩のシフト管理とかする立場やねんなあと思って」

「そうですよー、もうベテランですから。わたし、一応アナ部の主任ですよ？」

邑子も笑い、何ひとつ誇らしくはないのに胸を張ってみせる。

「頼もしいなあ、ほなまた、今度飲みに行こや」

「はい」

笑顔を引っ込め、また原稿に目を落とす。大阪市役所土木建設課に勤務する四十代の男性職員が、勤務中にたびたびパチンコ店に行っていた問題で、市はきのう会見を開き……。大したバリューもないローカルな話題は口に出した側から何を読んでいたのか忘れてしまいそうだ。視聴者もきっと同じだろう。はっきり言ってどうでもいい、それでも与えられた枠を埋めていかなければテレビというコンテンツは成立しない。

昼休み直前の、十分枠のローカルニュース。リードと本記を何本か淡々と繰り返してお天気コーナーへ。出演は三木邑子アナひとりで、スタジオでの掛け合いやフリートークの余地はなく、画面に映るのはバストショットで固定されたスーツ姿（カメラが一台しかないから）。無味乾燥極まりない「単なるニュース原稿」を読むのが、今のメイン仕事……そうでもないか、シフト調整あるしね。それぞれの勤務時間やふだんのレギュラー仕事に目を配り、どんなに心を砕いて仕事を割り振ってもどこかしらで文句を言われる、損な役回り。もちろん邑子だって、自分が若い時には平気で「えーっ、また土曜日の夜に試写会ですかぁ」と不満をぶつけていた。

因果応報、とこっそりつぶやいただけのつもりだったのに、思いのほか声が通り、隣にいた男のディレクターから「何すか？」と訊かれてしまった。

「あ、うん……このニュース。仕事中にパチンコ行って、たまたま隣の台にいた人が、出入りの建設業者だったんでしょ？　そこから通報があってばれて……悪いことってできないもんだなって思ったから」

「ああ、そうすよねー」

薄笑いと共に相槌を打ったディレクターは邑子よりすこし年下だろうか、これまで一緒に仕事をした記憶はない。放送局は人の出入りが激しいので絶対とは言い切れないが、深く関わったことがないのは確かだ。にもかかわらず、その笑顔にどこかいやみっぽい悪意を感じ、邑子は視線を逸らした。被害妄想だろうか、でもわたしの「前科」を知っててもおかしくないし。

さっき通して読んだばかりの原稿を、味のしなくなったガムを嚙み続けるように繰り返し音読する。わたしはアナウンサー、アナウンサー、目の前のニュースを間違えたりつっかえたりせずお伝えするのが仕事、そう言い聞かせ、束の間自分の心を麻痺させる。オオサカシヤクショドボクケンセツカニキンムスル……。

大阪駅前って、いつまで工事するつもりなのか。東京に異動する直前は、戻ってくる頃には全然違う景色になってるんだろうな、と感傷に浸りつつ歩道橋から阪急、阪神、大丸の百貨店トライアングルを眺めたりもしていたのに、いったい何がゴールなのか、いやそもそもゴールが存在するのか、とにかく駅前では二〇一八年の春も重機がせっせと稼働し、あちこち通行止めになっている。再開発に次ぐ再開発で全容が見えてこないのは東京も同じだが、みんなそんなにサグラダ・ファミリアみたいな事業がやりたいの？　とふしぎでならない。

それでも、きょうどれだけ穴を掘った、どれだけの柱を建てた、日々の進歩が目に見えるぶん、やりがいはあるのかも、と自嘲ぎみに考えた。すくなくとも、放送した瞬間から「過去」になって流れ去っていく、テレビなんて空しい仕事よりは。

巨大なウォータースライダーみたいな屋根がついた大阪駅の構内を抜け、北側に新しくできた商業ビル、グランフロント大阪のダイニングに向かう。アナ部の若い後輩から「歓迎会、グラフロでやりますんで」と言われた時は「何でお風呂？」と戸惑ってしまった。邑子が大阪にいた時代には、ヨドバシカメラくらいしかなかった。大阪駅が目の前という抜群の立地にもかかわらず、不景気で長らく手つかずだった「梅田北ヤード」について、東京にいる間、ほとんど情報は届いてこなかった。

こんなふうになってるんだ。大阪駅からつながる連結デッキを歩き、すり鉢状になった広場や角が丸い「グラフロ」の建物を眺める。手前が南館で奥が北館、予約した店は南館です、北館は遠いからあんま行かないですね、と教えてもらった。ビルの隣の敷地は依然更地のままだが、いずれここにも新駅が開業予定らしい。

大阪最後の一等地。

ニュースで北ヤードを称する時の決まり文句が頭に浮かぶと、肋骨の隙間に剃刀《かみそり》の刃を差し込まれたような鋭い痛みが走った。声を、思い出してしまった。痛みの後に呆れがくる。こういう時は「バカみたい」じゃなく「アホか」と言うのが正しい。どこか間の抜けた、温かみのある大阪弁の悪態が邑子は好きで、でも、発声のプロなのにそのたった三文字のイントネーションをいつまで経ってもマスターできなかった。戯れに口にするたび「エセやな」と笑われて――駄目だ、芋づる式に出てくる。十年も前に終わったことで、あの人はもういないのに。

金曜日夕方の人波は規則正しい左側通行で南館へと吸い込まれていく。開業五周年を知らせるポスターが至るところに貼ってあった。記憶の中で存在すらしていなかったビルが、もう五年。十年という時間の長さは邑子の中でひとつも確かな手応えとして残っていないが、世界はこうして着実に積み重ねられている。たった今玉手箱を開けて年を取ったみたいに、邑子はいつもどこか呆然としていた。

いけない、しょっぱい物思いに耽ってる場合じゃない。七階の店に辿り着くまでの間に、オンエア時と同様の笑顔を装着する。悩みや憂いなんて何ひとつありません、というぴかぴかで薄っぺらくて嘘くさい鎧《よろい》。最近はカメラの前で笑う需要も皆無だけどね、とここ数年でくせになった自虐が顔を出すと同時に、あれ、と気づく。わたし、最近、いつ素で笑っただろう。お義理でもお愛想でもない、心からの笑い。思い出せない。でもそれは加齢で忘れっぽくなっているだけかもしれないし、ひとり暮らしの四十代女性は誰しもさほどにこにこしていないのかもしれない。最近笑った？　と気軽に訊ける相手がすぐに思い浮かばないのも普通なのかもしれない。とりわけ不幸でも孤独でもないからこそ、日常にぽつりと落ちたしみのような不安が濃く目立つ。

「お疲れさまでーす、すみません、遅くなりましたー」

努めて声を張り、すでに十人ほど集まったテーブルに突入すると意味のない歓声で出迎えられ、五期上で部長の五味《ごみ》が「本日の主役が登場やで」と迷惑な盛り上げ方をしてくれる。

「ほらほら、上座行かな」

「勘弁してくださいよ、わたしみたいな出戻り、単なるおまけじゃないですか」

「そんな、東京から凱旋してきはってんから、ご謙遜せんと」

五味の長い前置きの後「異動されていくみなさんとアナ部の新人のみなさんと、それから、キー局での武者修行から帰ってこられました三木邑子さんに」という乾杯のご発声で、数時間の作り笑い耐久レースは幕を開ける。隅っこでひっそりやり過ごすつもりだったのに、まともにしゃべったこともないようなアナ部の面々からあれこれ質問攻めにあった。もちろん邑子の異動のいきさつについてではなく（もうとっくに知れ渡っているのだろう）、東京の女子アナの某《なにがし》がメジャーリーガーとつき合っているという噂は本当か、あるいはプライム帯のニュース番組から急に降板したコメンテーターにはどんな事情があったのか、政治ネタの内容について首相官邸から圧力はあるのか。週刊誌に頼まれてウラ取りでもしてるの？　と思うほどキー局の舞台裏に興味津々のようだった。大阪の人って、独立独歩みたいな顔をして、実は東京が気になって仕方がないって感じ……これも昔、思ったような。考えることは同じでも、年月は流れて邑子は中年になり、あの頃中年だった男はもういない。

「もうお前ら、ばっちりかあ？　いつでも初鳴きできるか？」

気づけば、五味が今年入った新人に絡んでいた。男女ふたりずつ、四人の新入社員は「まだまだですー」「えーどうしよう」と大げさに困ってみせている。

「大阪出身者は……ふたり？　地名とかしっかり覚えなあかんな」

それから邑子を見てにやりと笑い「大先輩の三木さんもな、昔は十三《じゅうそう》を『とみ』って読んだんやで」と声を張り上げた。わざわざネタ振りした上でのもったいぶった言い回しに、空気を読んだ若者たちの笑いもオーバーになる。そのエピソード、記憶にある限り最低五回は擦《こす》ってますけど、いつまで言われるんでしょうかわたし。さして独創性に富んだ読み間違いでもないでしょうに。おねしょの思い出を毎度語る親戚みたいに、古い情報ほど繰り返し拡散されるシステムはいったい何なのか。

「オンエアで言ったんじゃないからいいでしょー」

あ、しまった、と口にした途端思う。リアクションの仕方も古いままで、二十代の頃と同じような甘え口調がつい出て我ながら気持ち悪かった。やば、みんな引いてる？　お酒のせいってことで大目に見てくれる？　邑子は声色をチューニングして「『じゅうさん』じゃないのはわかったんですけどね」と言い訳を重ねる。

「それでも『とみ』はないわ」

「えー、でも、東京行って報道記者してたんでしょ？　すごくないですかー？」

たぶん干支ひと回りは違う後輩が取ってつけたようなフォローを入れてくれた。

「三木さんのリポート、よく見ましたよ」

「すごくないすごくない、お膳立てしてもらってただけだから」

謙遜でも何でもなく単なる事実で、五味もよく知っているはずなのに「お前らも三木を見習って頑張れよ」と酒のせいかいっそうの大声で煽った。

「あ、でもプライベートは見習わんでええからな」

戻ってきて初めて、公然とジャブを放たれた。場の雰囲気は、邑子のリアクション次第。わかってる、瞬時に反応できる。生放送だと思えばいい。次の一秒を救うのが仕事だ。邑子は「こらこらこらー！」と大げさな手ぶりで遮った。

「それ、一応オフレコですからー！」

「おっとすまんすまん」

テーブルがぎこちない笑いに包まれ、ほっとした。同情や好奇心の眼差しを向けられるより、道化扱いのほうがよほど楽だ。古傷にあえて触れたのは、邑子を腫れ物扱いしたくない、という五味なりの気遣いでもあったのだろうし。イジってもらって禊《みそ》ぎ完了、周りも「あ、終わった話」と安心できるし、悪いやり方じゃない。自分に言い聞かせる。

気を遣わせておいて、みじめに感じる権利なんかわたしにはない。

新年度から始まった番組についてあれやこれや品評が盛り上がっている隙にトイレに立とうとタイミングを窺っていたら、邑子に先んじて「すみません」と手を挙げた者がいる。

「わたし、お先に失礼させていただきます」

新人や若手が固まったエリアから、すっとひとり立ち上がった。あれは確か、今年の新入社員だ。

「何や笠原《かさはら》」と五味、そう、名前は笠原雪乃《ゆきの》。邑子とは挨拶をかわす程度で、向こうはデビュー前だからアナウンサーとしての資質も未知数だった。

「もう帰るんか。料理も出きってへんぞ」

「映画の時間があるんです」

雪乃はきっぱり答えた。

「それに、わたしエスニック苦手なので、食べられるものないです。じゃあ、みなさんお疲れさまでした」

ぺこっと一度頭を下げ、振り返りもせず店を出て行った。

「……ずいぶんはっきりした子ですね」

新人らしからぬ堂々とした途中退席っぷりに邑子が目を丸くすると、五味は「あいつなあ」と苦々しい顔をしていた。

「歓送迎会やねんから、主役としてもうちょいおらなあかんのに……でも昨今、そういうこと言うたらパワハラや何や、ややこしい話になるやろ。おい、斎木《さいき》、お前同期入社やねんからもうちょっと何とかせえよ」

名指しされた男の新人アナウンサーは「無理ですよ」と情けなく眉を下げた。

「GWにバーベキューしようって同期LINEで盛り上がった時も『わたし、プライベート大事にしてるんで』ってさっくりお断りしてきたんですよ」

「まじ？」

「メンタルつえー」

ずいぶんマイペースな子、それはそれで構わないけど、アナウンサーとして局内外の人間とうまくコミュニケーションできるんだろうか……心配になったが、去り際のきっぱりと伸びた小柄な背中を思い返せば、余計なお世話という気もする。

「あと、めっちゃ偏食なんですよね」

きょうの幹事がぼやいた。

「ああ、それで食べるものがないって」

「そうなんですよ。でも彼女に合わせてたら選択肢がどんどんなくなっちゃうんで。アジア系駄目、生魚駄目、野菜も嫌い」

「あれでしょ、内定もらった後の食事会でもパスタの上のあさつきせっせと取り除いてたっていう」

「アレルギーちゃうんやろ？　ちょっとは合わせなあかんよな」

本人がいない場でこういう会話の流れはよくないと思いつつ、つい「食リポ、大丈夫かな？」と口を挟んでしまった。デパ地下グルメ、話題のレストラン、市場や漁港からの中継、カメラの前で食べる仕事は枚挙にいとまがないし、演者側の好みでメニューを忖度《そんたく》されることはありえない。

「どうなんですかねー、あの調子だと『無理です』って平気で言うかも」

「五味さん、採用の時に確かめなかったんですか？」

「あんな好き嫌いあるとは思えへんやろ」

矛先を向けられた五味はシンハービールを呷《あお》ってぼやいた。

「食事会で俺もあぜんとしたんや」

放送業界の選考は早く、内定を出すのが大学三年生の春、以降は他局に取られないよう食事会や懇親会の名目で折に触れ声をかけては「逃げるなよ」とプレッシャーをかける。重役に取り囲まれた会食の場で堂々と偏食を貫く神経ははっきり言って理解不能だった。邑子はしそが大の苦手だが、わざわざ公言しないし仕事の場で出されれば黙って食べる。

現代っ子、っていう言葉も最近は使わないんだっけ？　いつか平成生まれと一緒に仕事するんだよね、想像できない、なんて話していたのも遠い昔の出来事に思える。

「今度から好き嫌いも面接の段階で確認せなあかんな、て村雲《むらくも》さんも言うとって――」

村雲清司《せいじ》の名前を口にした途端、五味はあからさまに「まずい」という表情になり不自然に黙り込んだ。邑子はメニューに目を落とし、何も聞こえなかったふりをして店員を呼ぶ。

「すみません、わたしもシンハービールください」

さっきはそっちからネタにしたくせに、固有名詞出すのはやばいっていう線引きは何なんだろう。NGのラインを引くんなら、その位置はわたしに決定権があるんじゃないの？　えびのナンプラー炒めと一緒に不満を呑み込む。魚醬の後味をグラスに浅く残ったビールで洗い流し、さっきの笠原雪乃なら堂々と抗議するんだろうかとちょっと思った。

二次会、三次会と拘束されて解散したのは明け方、現在のアナ部の顔ぶれをおおむね把握できた他には実りのない一夜だった。酔い覚ましにふらふらと梅田をさまよい、再び駅前に跨る歩道橋を上った。邑子が好きで嫌いな、夜明けの空に星は見えなかったが、大阪駅のステーションビル壁面に「大阪ステーションシティシネマ」のロゴが張りついている。真っ赤な「大」が星のかたちにアレンジされているのに今さら気づいた。邑子はショルダーバッグのストラップを握りしめたまま赤い星を見上げ、東の曙光《しょこう》に頰を刺されるまで立ち尽くしていた。いつまでもこんなところで呆《ほう》けてたって仕方ない、帰らなきゃ、と頭ではわかっている。帰ってメイクを落とし、ゆっくりお風呂に浸かってスキンケアとマッサージとストレッチ……目覚ましい効果がみられるわけではないが、怠けた途端身体つきや肌が露骨に衰えるのでやめられないルーティン。でもどうしても足が向かない。どこへ帰ればいいんだろう、と理性と裏腹の不安が邑子を石にしてしまう。十年で街はこんなに変わったのに、わたしはただ年を取り、老いへと下っていっただけ。蓄えた財産も身につけた武器も見当たらないいま、若さという唯一の取り柄さえ失ってしまった。

すべては自分の選択の結果、もしくは身から出た錆。独り身でいるのも東京へ厄介払いされたのも、東京でも厄介者だったのも。

でも、じゃあ、どうすればよかったんだろう。こんなふうに漂流し続けてるような気持ち、いったいいくつになったら消えてくれるの。

失敗した。金土だから大丈夫だろうと見積もっていたが、二日連続で酒の席はこの年になるとこたえる。それでも土曜日の飲み会は、中島とその同期の松井《まつい》と、三人だけの小規模な集まりだったので、精神的な負担はずいぶん軽かった。ふたりとも邑子を色眼鏡で見なかったし、異動の辞令に「何で三木ちゃんだけが」と憤ってくれた。上っ面で寄り添うポーズだけの人間と、真に心ある向き合い方をしてくれた人間の仕分けができたのは、あの事件における数すくない収穫かもしれない。

けれどそのささやかな飲み会で、松井が「早期退職するつもりやねん」と打ち明け、邑子の貴重な味方はひとり減ることが判明した。

「びっくりしたなあ、思い切ったことするわ」

京都住まいの松井を、京阪《けいはん》の中之島駅まで見送った帰りに中島が言った。

「まあ、松井さん、昔から『こんなしんどい仕事定年までしたくない』ってしょっちゅう言ってましたもんね」

「ボンボンやし、人生設計ちゃんとしとんのやろな」

中島は邑子以上にしんみりとして見えた。同期とはいえそこまで仲がよかった印象もないので「寂しいんですか？」と尋ねてみると「うーん」と困ったように笑った。

「何やろな、置いていかれるような……ぼくらの世代、早期退職ぽろぽろおってな、みんな第二の人生にはばたいていくわけやん。自分はこの会社にしがみついてどないするつもりなんやろ、て思ってまう」

「他に何かやりたいことでもあるんですか？」

「それが別にないねん。何もないのがアホみたいな感じしてきてなあ」

「そんなことないですよ！」

おっとりした中島にも、こんな迷いや焦燥があるということに驚きつつ軽い口調で肩を叩いた。

「たぶんそうやって考えてるうちに月日が経ってあっという間に定年ですって」

「せやなあ」

中島であと十年足らず、邑子は十七年、大した差じゃない。他人事《ひとごと》じゃない。でもあなたは違う、と心の中で中島につぶやいた。家に帰れば奥さまと娘さんがいるんですよね、「何もない」わけがない。隣の芝生がいっとき青く見えたとして、中島の敷地にも立派な家と庭と家族がある。

ことあるごとに誰かと比べ、ふらふら漂流したまま、会社という停泊先さえ失ったらわたしはどうなるんだろう。ひとりぼっちで、おばあちゃんになって。

別れ際、松井にかけられた言葉がよみがえる。

――三木ちゃんも、自由に生きたらええと思うで。会社に義理立てする筋合いなんかないやろ。

仮に局を辞めたら、何ができるのか。フリーに転身して華々しくテレビやファッション雑誌に露出できるのは東京の、それもほんのひと握りのスター的な女子アナだけ。デスクワークのスキルや資格はなし、まだ現実的なのはどこかの事務所に所属し、ナレーションやイベントの司会をこなす――その都度オーディションを受け、若い子と比較されながら？　運よく仕事にありつけたとしても、おそらく収入は今の半分以下になる。無理だ、四十三にもなってそんな冒険はしたくない。長きにわたってお荷物扱いをされても、結局会社に守られ、会社に養ってもらうしかない。

　つぶしがきかない、って、わたしのことだ。社会に出る段階ではそんな予定もつもりもなかったのに、いつの間にかつぶしがきかない人間になっていた。堂島川沿いの遊歩道を歩くヒールの足音だけが小気味いいのさえ、却ってもの悲しい。

「ぼく、阪神電車で梅田まで出るけど、三木ちゃんは？」

「北浜なので歩いて帰ります」

「そうか、遅いから夜道気ぃつけや」

「はい、おやすみなさい」

　中島は軽く片手を上げてから、なぜか下ろすタイミングを逸したように手を宙にさまよわせ、半端なポーズのまま「三木ちゃん、あんな」と切り出した。

「はい？」

「こんなん言うたら三木ちゃん混乱するかもしれへんけど、噂が広まる前に知っといたほうがええと思って」

　噂、という単語だけで身構えてしまう邑子が「はい？」と今度は硬い声で繰り返すと、中島は「村雲さんのこと」と声をひそめた。

「幽霊、出るらしいねん」


遊歩道のベンチに座って、川向こうの社屋を見上げていた。報道や制作のフロアにだけ明かりが灯っている。壁面に白く光る「NANIWA　TV」のロゴ。二日連続で似たような景色と向き合っているが、今現在の脳内には将来への不安ではなく別れ際の中島の言葉が渦巻いている。


――資料室で見た、いう子が何人かおって……いや、俺は見てへんけど。

その話、中島さんは信じてるんですか、と質すと「うーん」と言葉を濁していた。

ありえないでしょ。胸の内でつぶやく。幽霊なんているわけないし、いったい誰がそんなたちの悪い噂を流したんだろう。

邑子の上司だった村雲清司が病死したのは去年の暮れ。【訃報】とついた事務的な業務メールで邑子はそれを知った。こちらの新聞でベタ記事くらいにはなったかもしれないが、東京ではもちろん報じられず、誰の口の端にも上らなかったのでまったく現実感がなかった。年が明け、二月の頭に異動を告げられた時、何てわかりやすい、とは思った。去年の春、村雲が定年退職したタイミングでは呼び戻されなかったのに、死んだから「ようやく時効」という、合理的すぎる人事。ひょっとすると、長らく邑子を持て余していた東京からだいぶせっつかれたのかもしれない。十年も面倒見たんだし、いい加減そっちで引き取ってくださいよ、と。

ああそうか、死人に口なし扱いがむかついたから化けて出てるの？　オンエアには乗せられない、歪んだ笑みに唇を引きつらせる。その程度が何なのよ、わたしは十年も外様で生温《なまぬる》く疎外されてきたのに。だからといって大阪で針のむしろに耐えるほうがましだったとも思えないし、懲罰的な異動が村雲の温情だったなどとは絶対に想像したくない。やり場のない憤りがぽこぽこ泡になり、身じろぎしないくらい悔しかった邑子の内側で派手にぶくぶく沸き立ち、止まらなくなった。死んでもしぶとく化けて出たいのは、こっちだ。あなたは何も変わらず、何も失わず、アナウンサー人生を全うして定年まで勤め上げた。享年六十一、平均寿命よりはだいぶ短いけど、そのぶん濃く楽しく生ききったんじゃないの？

未練なんて、図々しい。邑子は勢いよく立ち上がり、社屋に向かって歩き出した。本当に村雲の幽霊が出るのなら、十年越しの文句をつける権利はある。いなければ、中島に「何も出ませんでしたよ」と笑ってやる。ウラ取りは報道の基本でしょ。

資料室は十三階にある。エレベーターのボタンを押す時、いかにもな数字、と不安がよぎったが、十三が不吉なんて西洋の迷信だと打ち消す。十三、じゅうそう……よそ者に読めるわけない。

同じ階には会議室がいくつかと経理、総務、システムといった事務系の部署が集中している。週末の深夜に残業する人間はおらず、フロア全体が静まり返っていた。別の階では誰かが談笑し、テレビを見て、あるいは栄養ドリンクでドーピングしながら編集作業に追われているだろうに、廊下と非常口以外は明かりもなく真っ暗だった。同じ建物とは思えない。一歩進むごとに、「いるわけない」と「もしいたら」が交互に点滅し、その足音さえカーペットに吸い込まれてしまう。無人、無音の十三階の突き当たり（よりにもよって）の資料室に入るとまず照明のスイッチを残らず押した。よかった、ちゃんと明るくなった。資料室は学校の教室ふたつぶんくらいの広さで、可動式の書棚と四人掛けの机が並んでいる。制作系のスタッフが百科事典や雑学の本を広げてクイズの設問をああだこうだと話し合っている時もあるが、邑子にはあまりなじみのない場所だった。室内を見渡し、書棚の間を丹念に覗いて回っても、不審な人も物も見当たらない。足を踏み入れた時の緊張感が次第に薄れ、急上昇したテンションと少々の酔いが覚めれば、重く濁ったため息が漏れる。本当にばかばかしい。ありえないとわかりきっていたのに、不謹慎な噂に踊らされて真夜中に道草を食い、時間を無駄にした。

さっさと帰ろう。机に置いたバッグを回収するのと同時に、ピッという電子音が聞こえて全身が強張った。資料室の入り口数メートル手前には、セキュリティ用のオートロック扉がある。誰かがそれを解錠した。邑子はとっさに書棚の陰にしゃがみ込む。幽霊って、そんな律儀なもの？　いや違う、警備員の巡回に決まってる。支給されたＩＤカードでしか解錠できないから、泥棒の可能性はひくい。向こうが部屋に入ってきたらさっと出て行って「すみません、急ぎの調べものがあって」とか適当に言い訳すればいい。別に何も悪いことはしていないのだから。ほら、さっさと動かないとこっちが不審者扱いされる――でも、万が一、警備員じゃなかったら？　生きてる人間じゃなかったら？

打ち消したはずの不安が再び急速に膨れ上がり、邑子は資料室のドアが開く音がしても身動きできなかった。心臓がどくどく鳴って自分の居場所がばれるんじゃないかと左胸を強く押さえる。侵入者は、無言だった。普通、深夜に電気が点いていたら「誰かいるんですか」と声くらいかけるだろう。勇気を振り絞ってそっと覗いてみようとした瞬間、今度は部屋が真っ暗になる。ひ、と上がりそうになった悲鳴をどうにか喉奥で押しつぶした。確認すらせず電気を消した？　どうして？　やっぱり警備員じゃないの？　口元を覆う両手がふるえている。室内を歩く気配がする。どうしよう、怖い。助けて。お母さん。お父さん。

……いや、こんないい年になって、心の中でＳＯＳ出す相手が親しかいないって、どうなの。

現実逃避だろうか。恐怖の片隅で、冷静に自嘲していた。そんな場合じゃない。でもどうしたらいいのかわからない。いつもわからなくておろおろして、流されっぱなしで、わたしは。

不意に、ちいさく強烈な光に照らされた。邑子はとうとう「あ」と声を漏らし、床に両手をついてへたり込む。

光を向けた何者かが言った。

「——あ、お疲れさまです、三木さん」

カメラのフラッシュを固定したようなまばゆい光源は、スマホのライトだった。光の中にぼやっと見えるのは、ゆうべ（正確にはおとといか）宴会を堂々と抜けた、新人の笠原雪乃。

「笠原、さん？」

「はい」

邑子がこわごわ呼びかけると雪乃は至って冷静に頷き「こんなところで何やってはるんですか」と逆に尋ねてきた。

「何って……あなたは？」

「あ、ここ『出る』って聞いたんで、興味が湧いて」

「は？」

悪びれない態度に、ついさっきまでの恐怖が怒りへと変わっていく。

「ひょっとして、三木さんもですか？」

「違います」

書棚に手をかけてどうにか立ち上がると「電気を点けて」と命じた。

「ていうか何で消すのよ！」

「明るいと出ないんじゃないかと思って」

「誰かいるとは思わなかったの？」

「一応確認したつもりだったんですけど、まさか隠れてるなんて思いませんよ。単なる消し忘れかと。わたしもびっくりしました」

雪乃はみじんも驚きを匂わせない口調で再び照明のスイッチを押す。室内が明るくなるとようやく安心できた。電気ありがとう、文明ありがとう。邑子は腕組みをして「あのね」と雪乃をにらむ。百六十九センチ、プラス七センチヒールの邑子より、雪乃の目線は十センチ以上ひくかったが、それでも怯むそぶりさえ見せない。

「あなた新人でしょ。妙な噂を真に受けて夜中に探検ごっこするより、仕事に励んだら？」

「三木さんは何をしてはったんですか？」

「わたしのことはいいから」

「だって勤務時間外はお互いさまじゃないですか」

みっともない姿を見られたばつの悪さも手伝って、邑子は「一緒にしないでよ」と声を荒らげた。ほんとに、何てふてぶてしい子。わたしは遊び半分じゃない。

「とにかく――」

さっさと帰りなさい、そう言おうとしたのに、言葉が途切れた。

ぞぞぞっと、皮膚の内側から氷を押しつけられたような悪寒が背骨を這い上がってきたからだ。そして勢いよく吹き出た鳥肌。空調と関係なく、全身の体温が強制的に下げられる感覚、風邪とは全然違う。肉体が一斉に代謝を止めて沈黙したらこんなふうにつめたいのかもしれない。

「とにかく、何ですか？」

雪乃がけげんそうに問いかける。

「あなた、何も感じないの？」

奥歯がかたかた鳴り出しそうだった。そして天井の照明が点滅し始めた時、とうとう「ひやっ」と叫んで雪乃に抱きついた。

「三木さん、ものすごいふるえてますよ」

「だって、こんな」

明かりは、すう……と息を吸い込むように消え、また吐き出すようにふう……と点灯する、その繰り返しだった。単に切れかけているだけならこうはならないだろう。しかも何本も並ぶ細長い天井灯がすべて同じリズムで。

「どうしよう？」

走って逃げ出そうにも、膝ががくがく笑って言うことをきかない。今、雪乃に置き去りにされたら泣いてしまう自信があった。二十も年下の後輩にしがみついて問うと「どうしましょうね」と至って平熱の声で、こんなにびびっている自分が臆病なのか、雪乃の肝が据わりすぎているのかわからなくなってくる。

そして、すう……と消えた明かりが暗いままになった時、背中に雪崩《なだれ》のような寒気が走った。吐く息が凍りついていないのがふしぎなほどだ。冷気の根源はすぐ近くにあり、見たくないのに俯いた顔が勝手に上がっていく。目を逸らせない。

雪乃の肩越しに、それはいた。

村雲だった。暗闇でもはっきりとわかる。間違いなく村雲だったが、邑子が知る生前の姿からは変わり果てていた。げっそりと痩せ、背中が丸まり、どこから見ても完全なる老人だった。半透明のゼラチンっぽい質感で、机の存在を無視してすり抜け、歩き出す。足が動いているのに体重はまるで感じられず、すすっと床を滑っていくように見えた。しかもなぜか、キャスターがついた小型のカートみたいなものを引いて。

指一本動かせないまま固唾を呑んで見つめていると、村雲はさっきまで邑子がいた書棚に差し掛かり、消えた。透明度が増して視認できなくなった、が正しいのかもしれない。同時に電気が点き、やけに煌々《こうこう》とまぶしく感じられた。さっきまでの寒気は嘘みたいに引いて、背中や首すじに汗が伝っている。更年期障害による自律神経の変調——ではないと思う。

「……今の、見た？」

おそるおそる雪乃を窺うと、明快に返ってきた。

「いえ、何も」

「嘘でしょ？　あんなにはっきり見えてたのに？」

「はっきりって、何がですか」

「……村雲さん」

その名前を、十年ぶりに口にした途端めまいがしてくる。何で？　どうしてこんなところに、あんな姿で現れるの。四十九日だってとうに過ぎたのに。雪乃はふらついた邑子の肩を支え、「場所移しましょうか」とフロアの片隅にあるリフレッシュスペースに促した。備えつけのソファに座り、雪乃が差し出した温かい緑茶のペットボトルを両手で包むとようやく落ち着いてきた。

「ありがとう。お金払うから」

「別にいいですよ」

雪乃はミルクティーを買って隣に腰を下ろすと「三木さんって霊感あるんですか？」と覗き込んできた。

「ない。わたし、オカルト系信じてないし」

放送局に「出る」というのはなぜか定説で（夜中も人がいるから寄ってくるとか電波に引きつけられるとか諸説あるらしい）、ここでもその手の話題はよく耳にしたが実際怖い目に遭ったことはない。だから、あれが人生初の「心霊体験」——と言い切っていいのか迷いはあるが、夢でも幻覚でもなく、邑子は確かに見た。

「さっき出たっていう、村雲さんの霊について伺ってもいいですか？」

「何を？」

「どんな外見だったとか」

邑子は酒を呷るように熱い緑茶をごくりと飲んで喉を湿らせ「びっくりした」とつぶやく。

「がりがりで、老け込んで……とても六十過ぎには見えなかった。あと、変なカートみたいなの引いてた」

「すごい」

「え？」

「村雲さん、肺がんで亡くなったでしょう。定年後に急激に進行して、酸素ボンベが手放せなかったみたいです。知らなかったんですか？」

「全然」

「最初に目撃した子もそうだったらしいです。去年入った総務のバイトで、村雲さんが亡くなる直前のようすなんか知らへんのに、カートを引いたおじいさんが出るって騒いで、アナ部の上のほうの人らが『村雲さんしかおらんよな』ってひそひそ話してました」

ああ、そうか。だから中島は「うーん」と困っていたのだ。根も葉もない噂と一蹴できない証言がある、でもそれを詳しく伝えるのはためらわれたから。

あの、見る影もない姿。思い起こすと身ぶるいがよみがえり、目頭に涙がにじんできた。

「泣いてるんですか？」

よくこういうことを率直に訊けるな、と思う。

「悪い？」

「いえ」

それっきり突っ込まれないのがまた気まずく、邑子は雪乃に聞かせるというよりは自分の気持ちを整理するために「ショックで」と話す。

「死んだ後って、すべてから解放されるんじゃないの？　痛み、苦しみ、悩み。映画とかなら、若かった頃に戻って先に死んだ恋人と再会したり……」

「わたしは死んだことがないからわかんないですね」

雪乃は当たり前のことを言った。

「そういうフィクションをつくる人たちももちろん経験ないわけで、せやから、こうやったらええのになっていう美しい夢なんちゃいます？」

「それはそうだけど」

美しい夢が夢でしかないのなら、死とは完全な消失という救済であってほしい。実体じゃなくてもあんな村雲を見たくなかった。痩せ型だったが貧相ではなく、仕立てのいいオーダースーツを着て、衣装スタッフが用意した吊るしのジャケットなんかに見向きもしなかった。背中をぴんと伸ばしてつねに腹筋を意識し、煙草はやめられなくても酒はほとんど飲まず、喉を労《いたわ》っていた。それでも「若い男と比べられたないからな」と行為の時は部屋を真っ暗にしたがった。邑子は「女の子みたい」と笑った。

——そんなの、全然気にしないのに。

本当にそう思っていたから言った。でも、今となっては自分がいかに残酷で無神経だったかわかる。気にしない、なんて、わたしの問題じゃなかったのに。

「とっくに骨でしょ、なのに、まだボンベなんか引いて……救いがなさすぎる」

「村雲さんが強く思い残したご自身の姿なんじゃないですか。あるいはまだ死んだことに気づいてないのかも。自殺を繰り返す地縛霊の話とか、あるあるじゃないですか」

「知らないけど」

「村雲さん、何してました？」

「何って……出てきて、書棚のあたりで消えただけ」

「わたし、生前の村雲さんにお会いしたことほとんどないんですけど、よく資料室に行かれてたんですか？」

邑子はちょっと考えて「別に」と答えた。

「野球のシーズンオフとかで暇な時、あそこでこっそりさぼってたけど、しょっちゅうではなかったと思う」

「じゃあ、何であそこに出るんでしょうね」

「さあ」

お化けに論理的な説明なんて求めるだけ無駄じゃないの？　しかし雪乃は真剣な顔で「お

かしいですよ」と主張する。

「すくなくとも社内の他の場所では目撃されてないんです。アナ部でもスタジオでもなく、敢えての資料室……気になりません？」

「別に」

なるべくそっけなく言ったつもりだが「ならこんな時間にわざわざ来ませんよね」と痛いところを突かれた。

「あそこに村雲さんが未練を残す何かがあるとして、解決してあげたら成仏できるんじゃないでしょうか」

「どうやって」

「それはまだわからないですね。というわけで、あすもこのくらいの時間、資料室集合でいいですか？」

「えっ？」

何言ってんのこの子。思わず二度見したが雪乃は涼しい顔をしている。

「ご都合が悪ければあさってでも」

「いや、日程の問題じゃなくて、どうしてわたしが？」

「わたしにはどうやら見えないらしいので」

「もう一度あれを見るのなんか絶対いや、お祓いごっこがしたいんなら他を当たって」

「三木さん以外に適任はおらへんと思うんですけど」

「そんなわけない」

「だって、元彼でしょう」

ああ、とうとう言われた。想定内とは言え、今年入社の新人にまで過去の不品行が知れ渡っているという事実と、雪乃の直球すぎる物言いにまためまいがしてくる。

「大昔の話だし」

「でも、さっきちょっと涙ぐんでたじゃないですか。わたしみたいな野次馬根性とは違う」

「驚いただけだってば。もう帰るから」

立ち上がり、飲み干したペットボトルをごみ箱に入れた。ご存じですか、と雪乃が問う。

「村雲さん、今は自分を見失って、生前の思い残しに引き留められてる状態やと思うんですね。そういう魂を放置してると、悪い念を吸い寄せて本格的な悪霊になるケースがあるんです」

「知らないわよそんな話は。誰が言ってるの？」

「心霊界の常識みたいなものですね」

「うさんくさい」

即座に否定して、エレベーターホールへ歩き出した。背中に雪乃の「待ってますから」という声がぶつかる。

わたし、暇なんだろうか。およそ二十四時間後、スニーカーを履いて夜道を歩きながら邑子は自分に呆れていた。日曜深夜、月曜未明。九時には出勤しなければならないのに、あんなおかしな誘いに乗ってまたのこのこと出かけている。朝方は、もちろん無視するつもりだった。日中、明るい部屋にひとりでいると、ゆうべ見たものはいったい何だったんだろうという疑問が改めて湧いてきた。夜の感情や記憶が陽に晒されてあやふやになってくる。やがて夕方になり、完全に日が落ちると、もう一度確かめたいと思っている自分が顔を覗かせた。また遭遇したら、もちろん怖い。しなかったら、安堵するのか、落胆するのか。とうに関係が切れた男（しかも故人）への未練なのか、好奇心なのか。

ベッドに入っても悶々として寝つけず、日付が変わったあたりでとうとう起き出して身支度を始めた。きのう、資料室にいたのは確か一時ごろだったはず。ナイトジョガーとすれ違いながら堂島川沿いを足早に進んだ。中之島に架かる橋はライトアップされ、水面に青い光を投げかけている。川べりの青白い夜桜とよく合っていて、ふだんなら素直に見とれただろうが、今は目的が目的なのでそのひんやりした美しさにすこしおののいた。

待ってます、って久しぶりに言われたな。

ネイルサロンや美容院での「お待ちしております」じゃなく、ビジネス要素抜きで誰かに頼られることが、邑子の日常にあっただろうか。「頼られない」は「頼れない」とイコールだから、たとえ目的がお化け退治ごっこだったとしても、雪乃の言葉にはっとした。

とはいえ、あのマイペースさなら「あ、忘れてました」というオチで待ちぼうけを食わされる可能性もある。そうなったら、本気で怒るのもばからしい案件だし、深夜のウォーキングを楽しんだと自分を納得させよう、と心に決めて大きく腕を振って歩いた。

「お疲れさまです」

資料室にはすでに明かりがつき、雪乃が待機していた。邑子を見ても特に喜ぶようすはない。

「来ないかもって思わなかったの？」

「わたし、人を見る目はあるんで」

「嬉しくないわよ」

「褒め言葉のつもりはないです」

ちょっとむっとした反面、雪乃の正直さが嫌いじゃないとも思った。

「笠原さん、何か持ってきたの？　塩とか、お札とか、数珠《じゅず》とか……」

「その手のグッズは、素人がへたに使うと却って危険なんですよね」

雪乃はしたり顔で答える。

「それも『心霊界の常識』？」

「はい」

つい笑ってしまいそうになる、が、肌の表面が一気に逆撫でられて鳥肌に変わる、あの異様な悪寒に襲われると笑顔も凍りついた。何かのカウントダウンみたいに照明がゆっくりと点滅し、やがて沈黙する。

「……来たっぽいですね」

今度は、現れる瞬間から目撃してしまった。暗闇の中、炙り出しのように村雲が浮かび上がり、きのうと同じく、質量を感じさせない動きで書棚の一角に向かう。二度目でも怖い。これは現実の光景なんだ。あの人の魂が本当にここでさまよい続けている。同情や哀悼の入り込む余地はなく、ひたすらに恐怖しか感じなかった。

雪乃がスマホのライトを点ける。

「ゆうべと同じところですか？」

首をがくがく縦に揺らして頷くと、雪乃が今度は大声で叫んだ。

「村雲さん！」

心臓がぎゅうっと縮み、物理的にずきずきするほど恐ろしかった。もしこっちを向いたらどうするの。光や声でわたしたちに気づいたら、わたしたちに腹を立てたら。心霊界の常識を知らないので、その後を具体的に想像できないのがまたいっそう怖い。雪乃の肩をつかみ、今度は首を横に振ってやめてと訴えたが雪乃は意に介さない。

「村雲さん、夜分失礼します、ご無沙汰しております、笠原雪乃です。覚えてらっしゃいますか？」

村雲の輪郭が闇ににじむようにぼやけた気がしたが、特に反応はなかった。書棚に並ぶ本を見上げているようだった。きのうはすぐ消えたのに、きょうはまだいる。

「三木さん、どうですか。村雲さんに聞こえてるっぽいですか？」

ううん、と掠れた声で返す。

「そうか……じゃあ、三木さん呼んでみてください」

「いやよ」

「三木さんの声なら届くかもしれないじゃないですか」

「無理、無理だってば」

すると今度は「三木邑子さんがいますよ！」と声を張り上げ、スマホのライトで照らしながら村雲がいるほうへと歩み寄る。きょうこそひとりで走って逃げようかな、と真剣に考えたが、実行に移すより早く村雲の気配が希薄になり、カートごと闇に同化すると部屋の照明が復旧した。

「いなくなっちゃいました？」

「いきなり話しかけないでよ！」

「まずはご本人に訊くのが手っ取り早いかと思いまして。三木さんの名前にも反応ありませんでしたか」

「全然」

「聞こえてるけど無視してるって可能性は？」

「たぶん、ない。何となくだけど、わたしたちのこと、見えてもいないんじゃないかな」

「なるほど、あの世とこの世でレイヤーが微妙に違うんかもしれませんね。わたしは何も感じないし、三木さんは見えるものの交信まではできない」

できても絶対したくない、と思った。雪乃は棚に並ぶ本の背表紙を眺め「ゆうべもこのあたりで消えたっぽいですけど」とつぶやく。

「村雲さんの愛読書とか、知ってます？」

「さあ。いちばん熱心に読んでたのはスポーツ紙だと思うけど」

「ここにあるのはアナウンス技術や実況に関する本とか、スポーツ系のノンフィクションなんで、村雲さんの属性とは合致してるんですよね」

「お料理やファッションよりはふさわしいかもね」

邑子が投げやりに同意すると「まあ、二日じゃわかんないですよね」と言い出した。

「とりあえず今週いっぱい継続しましょうか」

「あした以降も来いって言うの!?」

もういい加減にして、とさすがに語気を強めると、雪乃は邑子をまっすぐに見た。アーモンド形の、猫みたいに大きな目だ。対照的に鼻や唇は小造りで、改めて見ると評価の分かれそうな顔、と思った。キュートといえばキュート、宇宙人っぽいといえばそう。その判定ラインの微妙さが目を惹き、採用に至ったのかもしれない。でも結局、受けのいい女子アナってかわいらしい狸系が多いんだよね。狐系長身というだけで「きつそう」「怖い」と勝手なレッテルを貼られた苦い記憶がよみがえる。

「ゆうべは黙ってましたけど」

雪乃が言った。

「一応、半分は社命です。極秘ですよ」

「は?」

「取締役の方が、生前の村雲さんと折り合いが悪かったそうで、名前は教えてもらえへんかったんですけど、亡くなった時は祝杯を挙げたって聞きました」

「ああ、常務の仙石《せんごく》さんでしょ、犬猿の仲だったもんね」

「そうなんですか？　その方が、村雲さんの出没情報を知ってめっちゃびびって、五味部長に『何とかしてくれ』って泣きついたそうです」

バカすぎる、とこめかみを押さえた。

「で、五味部長から笠原さんに指令が下りたってこと？　何で？」

「うち、実家がお寺なんで」

安直すぎる。

「なら、ご実家に頼んでお経でもあげてもらえばいいんじゃないの」

「五味部長から内々にって言われてるのと、うちの父は完全に『職業としての僧侶』をやってるだけなんで、霊験を期待されると困るんですよね。一応打診はしたんですけど『それで成仏してくれんかったら赤っ恥やないか』って断られました。そういうわけで、解決には三木さんのお力が必要なんです。ご協力いただけませんか」

「ちょっと、やめてよ」

「お願いします、助けてください」

深々と頭を下げられ、邑子は天を仰いだ。

資料室で本を開いたまま、机に突っ伏してうたた寝をしていたようだ。

「三木さん」

肩を揺さぶられてはっと目を覚まし、慌てて身体を起こすと雪乃が立っていた。

「大丈夫ですか、二時から部会始まりますけど」

「え、今何時？」

「一時半です」

「ありがとう、やばかった」

手早く昼食をすませてここにきたのが十二時半。デスクワークの部署と違い、昼休みが厳密に決められているわけではないが、あまり長時間行方をくらませていると問題になる。

「いえ、寝てるだけでよかったです」

「え？」

「一瞬、村雲さんに連れて行かれたんちゃうかって」

「やめてよ！」

ひどい冗談、と言いかけたが、雪乃は真顔だった。

「真夜中に、勤務表にもつけられない仕事してるせいで寝不足なの」

「え、わたしうちに帰ってから朝まで寝てますけど」

「そう簡単に熟睡できないのよ」

あなたと違って若くないから、という愚痴を呑み込む。月曜日から本日金曜日まで五日間、深夜の資料室で張り込んだ。村雲は律儀に毎日現れた。鮮明さや出現時刻、視認できる長さに誤差はあれど、決まって午前一時くらいに特定の書棚付近をうろつく。雪乃は何も感じず、邑子だけに見えるのも変わらなかった。怖いには怖かったが、ひとりじゃないのと、心の準備ができているおかげで最初の二日よりだいぶ落ち着いていられた。「村雲さん」と邑子がこわごわ呼びかけてみても反応はなく、雪乃がスマホで撮影しても何も映らなかった。

――やっぱり、ここに何かがあるんでしょうね。調べてみませんか？

水曜日に、雪乃からそんな提案があった。

――このへんの本に、村雲さんの未練が隠れてるのかもしれません。

――たとえば？

――へそくりが挟んであるとか……たとえばですよ、そんな顔せんといてください。写真だったり、こっそり本に書き込みをしてたり、傍線が引いてあったり、何かしらの手がかりが得られると思うんです。

——で？

——ここの本、持ち出しはできないんですよね、空き時間見つけてちょっとずつ調べていきましょう。

——ちょっとずつって、百冊じゃきかないわよ？

——互いに一日一冊チェックできれば月約四十冊、夏までに終わりますよ。

——当然のようにわたしを頭数に入れてる？

——まあ、そこは乗りかかった船ということで。

——それ、わたしが言うことだからね？

雪乃の言い分を百パーセント信じたわけではないが、一応、昼の休憩や空き時間にぱらぱらと本をめくるようにした。とはいえ未練とやらがあるとして、その正体は見当もつかず、雲をつかむような話だから寝落ちしても仕方ないと思う。調べかけの本を戻して会議室に向かう途中、雪乃が「今晩、お時間いただけますか？」と尋ねてきた。

「資料室じゃなくて、仕事終わりで」

「七時には出られると思うけど」

「じゃあ、そのくらいの時間にお願いします。ちょっと、あすに向けての作戦会議をしたいんです」

「あすって、土曜日だけど」

「あ、張り込みはいったんお休みで。村雲さんの行動パターンは把握できましたし」

「今度は何を企んでるの？」

「それは夜のお楽しみです」

浄正橋《じょうしょうばし》近くの居酒屋で待ち合わせ、偏食の雪乃がいったい何を食べるのかちょっと興味があったのだが、オーダーは「だし巻き卵と和牛の炭火焼きと白ごはんとあさりのみそ汁」だった。

「……定食って感じね」

「はい、わたしはこれをひとりで食べるつもりなので、三木さんもご自分のお好きなものをお好きなだけどうぞ」

と言われても、シェアが前提の居酒屋でそんなに食べられない。海鮮サラダで野菜と魚介だけ摂ることにした。これどうぞ、と雪乃が突き出しのほたるいかを押しやってくる。

「食べられないから食べてくださいと言いなさい」

「これで強制的にお金徴収されるシステムが未だに納得いかないんですよね。普通にチャージ料にしてくれていいのに」

互いのビールと烏龍茶が届くと、雪乃はさらりと爆弾を落とした。

「あした、村雲さんの奥さまに会いに行ってきます」

「ついて行かないわよ」

一瞬ジョッキを落っことしそうになり、どうにか持ちこたえてきっぱり言った。

「それだけは、何があってもお断り」

どんなに食い下がられようと拒否するつもりだったのに、拍子抜けするほどあっさり「わたしひとりで行きます」と返ってきた。

「そんな、いくら何でも三木さんに同行をお願いしたりしませんよ。非常識じゃないですか」

きょうここに至るまでの経緯は常識的だったとでも？

「あ、そう……アポは？　ちゃんと取ってるの？　ていうか何しに行くつもり？」

「五味部長につないでいただきました。面接やランチでお会いしてるので、お線香上げに行くのは不自然やないと思います。それで、村雲さんについて何か情報が得られればと。ご自宅にも出てるかもしれませんし」

「旦那さんの霊が社内を徘徊してますよとか言うつもり？」

「そのへんのうまい聞き出し方を、三木さんに教えてほしいんです。奥さまを動揺させない方法で」

村雲のところには子どもがいなかった。夫婦の関係がどのようなものだったか邑子は一度も訊かなかったし、村雲も話さなかったので知る由もない。ただ、邑子との不倫が露見した後も離婚はしなかった。決して若くはない、けれど寿命と諦めるには早い年齢で夫を看取ってまだ数ヵ月、村雲の妻はどんな気持ちでいるのだろう。でもそんなこと、わたしなんかに想像されたくないよね。

「笠原さんのご家族やご親戚で、亡くなった方は？」

「母方の祖父ですね」

「じゃあ、あんまりよくないけど、わたしもおじいちゃんを亡くしました、幽霊でもいいから会いたいんですけどね……っていう感じで話を振ってみれば？」

「あ、いいですねそれ、自然で。そのアイデアいただきます」

雪乃はぽってりと厚いだし巻き卵を箸で何分割かし、真ん中から食べていく。ひょっとして端っこが好きで残しているのかもしれない、と思うとほほ笑ましかった。大学出たての新人なんてまだまだ幼いもので、邑子とは親子に近い年齢差なのに、振り回されたり頼みごとを突っぱねられなかったり、こうして差し向かいで食事をしたり。

おかしなことに巻き込まれてるな、としみじみ実感する。村雲にまつわる縁だと思うと余計に。テーブルの真ん中に置かれた海鮮サラダのボウルを手前に引き寄せ、取り皿も使わずに食べ進めた。

「報道を経験すると、そういう取材のノウハウが自然と身につくんですか」

「そんなわけないでしょ」

まぐろとレタスをまとめて口の中に放り込む。

「報道って言ったって、経済部と遊軍で、どうでもいい取材しかしてないもの」

「どうでもいい取材が放送されないと思いますけど」

「テレビっておおむねどうでもいいことしか放送してないじゃない？」

霜をまとったジョッキのビールが、手と喉と胃を冷やす。

「新しいスマホとか家電とか、業界の見本市とか……プレスリリースの内容をなぞって『すごいですね』って大げさにはしゃいでみせるだけのリポート。営業案件も多かったし。そんなものよ。十年いて、かっこいい『報道記者』の仕事なんか一度もしてない」

女性がいると華やかになるから、というだけの理由で、財界の重鎮と呼ばれる面々や、省庁のお偉いさんとの会食に同行を命じられることもあった。上司が「彼女、大阪ではアナウンサーだったんですよ」と言うと「へえ、どうりで美人だね」とか「見たことあるなあ」、あるいは「知らないねえ」とにやにや品定めをされる。会話の潤滑油という名目であれこれ詮索される。男は、結婚は、子どもは。苦痛でしかない時間だったのに、三十五を過ぎたあたりでぱったりとお誘いが途絶え、愕然としたことにまたショックだった。わたしはていのいい無料のホステスにされ、そして賞味期限が切れたから呼ばれなくなった。

自分で企画を立ててみたこともあった。おひとりさまとか、シングルマザーの苦悩とか、いかにも「女性目線」が生きそうなネタでいくつか考え、これどうでしょう、と打診してみると、邑子より年下の女性デスクは企画書をものの数分で一読して、やんわり笑った。

――三木さん、アリバイづくりみたいな仕事はやらなくていいんですよ。

自分なりに時間と労力をかけ、ちゃんとリサーチや分析をしたつもりだった。でもひと言も言い返せず、手直しさえ提案できず、企画書をシュレッダーにかけた。相手は同期と社内結婚して子どもを産み、産休育休を挟みながらもずっと報道畑で、かなうわけがないと思った。この人の目にわたしはどう映っているんだろうと考えるだけで萎縮してしまった。

「そうでしょうか」

雪乃の問いかけがひどくのんきで世間知らずなものに聞こえ、「そうよ」とそっけなく受け流す。

「笠原さん、今週『ウィークデー・ウェークアップ』に出てたでしょ」

「はい。出てたっていうより、顔を出しただけですけど」

新人研修が一段落すると、平日朝の情報番組で自己紹介するのが恒例だった。名前と出身地を書いたフリップを持ち「よろしくお願いします！」とカメラに向かって頭を下げる雪乃ははつらつとして見え、ちゃんと外向きのお愛想もできるのね、とテレビの前でひそかにほっとしていた。

「三木さん、昔サブMCやってはったんですよね」

「三、四年目であれにつくのがだいたいのルートだから、笠原さんもそのうち呼ばれるんじゃない」

あの当時とは演者も内容もセットも様変わりしたが、変わらない部分もある。

「今も、MC用テーブルの脚は細いのね」

「何ですか？」

「わたしがMCについた当初は、こう、ずどんとした、土管を縦半分にカットしたようなテーブルだったの」

その前に立って原稿を読んだり、雛壇にトークを振ったりするオーソドックスなスタイルだった。

「内側に棚があって資料や原稿を置けるから便利だったし、行儀悪いけど、立ちっぱで足が疲れたらこっそり足踏みしてたり……それがある時から、細い脚が一本ついたバルっぽいテーブルに替わったのね。単なるセットリニューアルの一環だと思ってたけど、違った」

今思い出しても笑ってしまう。笑ってはいけないことに、何度も笑って蓋をしてきた。

「視聴者の中からモニターを抽出して意見を訊いたら『女子アナの脚がもっと見たい』っていう男性の声が多かったんだって」

それをこっそり教えてくれたディレクターも「笑うやろ」と妙に楽しそうだった。

——まあ、三木の脚線美に引きがあるいうことやから。見たないって言われるより光栄やろ？

「……くそですね」

雪乃は目を丸くしてから、ぽつりと言った。

「恥ずかしげもなくそんな『ご意見』述べるやつも、ほいほい言いなりになる番組側も」

「それだけが理由だとは思わないけどね。でもキー局なんて、早朝から若い女子アナを四人も五人も並べてるでしょう」

「ああ、なるほど……」

演者が多いほどカメラワークにバリエーションが生まれるし、中高年男性が四人も五人もいるより華やかなのは確かだ。でも、いつまでも盛りのまま咲き続けることはできない。実をつけない花、実を求められもしない花が萎れた時、花瓶から引っこ抜かれた後の生き方はテレビに映らない。

邑子は、わかりやすい「属性」を得られなかった。結婚すれば「主婦」「共働き」の立場で、出産すれば「母親」の立場で、離婚しても「シングルマザー」「離婚経験者」としてある程度のポジショントークができる。でも「四十代独身女性」とラベリングされたサンプルなど、現状のテレビ業界で特に必要とされていない。だから漂流している。

ドレッシングがかかったはまちを嚙みしめ「せめて魚でも獲れたらね」とぼやいてみた。

「釣り、ですか？」

「釣りでも網でもいいんだけど、まあ、獲ったところで捌《さば》けないか」

「捌ける人のほうがすくないと思いますよ」

「そうね」

あした頑張ってね、と心にもない励ましを送ってビールを飲み干した。

『無事終わりました』と雪乃からＬＩＮＥが届いた時、邑子は梅田にいた。関西に住む大学時代の友人と四人でお茶をしているところだった。お疲れさま、と素早く返信するとすぐに『今、どちらですか？』と返ってくる。

『ご予定なければ、直接結果をご報告したいのですが』

別にいらない、と思ったが、アフタヌーンティーの制限時間九十分が迫ろうとしていたし、社内でご報告されるほうが神経を遣うので『梅田まで出てこられる？』と送った。

『武庫《むこ》川《がわ》駅なので二十分ぐらいかかりますが、大丈夫です』

そういえば、武庫川に住んでいたっけ。春になると川沿いの桜並木がそれは見事なのだと自慢された記憶がある。お前にも見せたいとか、一緒に見ようとか、そんな甘い言葉は一度もなかった。ややつ、と唇の動きだけでつぶやき『また連絡します』と送信する。

「どしたん、邑子、急ぎの用事？」

「ごめん、何でもない。そろそろ時間だね」

「ほんまや。あっという間やな」

今は六甲で暮らす友人は、すっかり関西弁が板についている。お茶やケーキをつまみながらの九十分が、そんなに「あっという間」でもなかったのを全員がわかっていた。しゃべり足りないだろうと思っていたのに、案外適正だった。自分の近況、誰かの近況を浅く広く話し合って気分転換をするにはちょうどよく、逆にもっと猶予が与えられれば、茶飲み話以上の領域に踏み込まざるを得ない。配偶者のこと、子どものこと、親の介護に自身の不調。言い出せばきりがない、四十数年の人生に溜まってきた澱《おり》。決して濾過できないそれらをぶちまけ合うんじゃなく、深く静かに沈め、束の間上澄みを保つためのお茶会だ。応急処置のメンテでじゅうぶん。内側で腐り、病んでいくものを抱えていたとして、見たくないし見せたくもない。

友人たちと別れ、またすぐ近くのカフェに入って雪乃に店名を伝え、待機する。エスプレッソを頼んだが、さっきまでポットサーブの紅茶を飲んでいたせいでお腹ががぼがぼだった。ちいさなカップに手もつけず窓際の席でぼんやりしていると、スマホがＬＩＮＥの通知音を鳴らす。あの子だろうか、と何も身構えずにトーク画面を開いて硬直した。

『邑子は高給取りだし、独身でも安泰って思ってるんじゃない？　うちらとは感覚違うよね。合わないわー』

さっきまで一緒にいたメンバーの文章で、あ、と面食らった後、じわりと湧き上がったのは罪悪感だった。すぐ既読つけちゃって、向こうも気づいたら気まずいだろうな、と申し訳なく思った。たぶん、この誤送信の前にも何かしらのやり取りがあったのだろう。別の友人と、あるいは邑子だけが除かれたＬＩＮＥグループで。

スマホの画面を伏せてテーブルに置く。記憶を消去できたらいいのに。実は仲間外れでした、なんて子どもっぽい人間関係のひびで傷ついているのが情けない。

感覚が違う、そんなのわかってる。わかってるから、言わないようにしてたよ。「何か生きづらいんだよね」とか打ち明けたところで「何それ貴族の悩み？」って思うでしょ？　金銭面でマウントを取った覚えもないし、わたしの何がそんなに「安泰」で「合わない」の？

そんなことすらわからないのが、いけないいんだろうか。

黒っぽい焦茶色で凪《な》いだエスプレッソの表面を見つめて固まっていると、「三木さん」と声をかけられた。

「お待たせしました」

雪乃が大きなマグカップの載ったトレイを持って立っている。とっさに今の出来事を捲し立てたくなったが、すぐに無駄だなと思い直した。マイペースで、どこか超然とした雰囲気さえ漂わせる雪乃に「ＬＩＮＥで陰口言われてた」と訴えたところで共感を得られそうにないし、年上として恥ずかしい。わたしに彼女たちのことがわからないように、この子だってわたしを理解できない。お疲れさま、とだけ返した。

「グラフロ、よく来られるんですか？」

「別に。さっきまでそこのインターコンチネンタルでお茶してたから」

ＴＰＯを考慮した結果なのか、雪乃は黒のパンツスーツと地味なメイクで、就活生みたいに見えた。大学生と大差ない若さを改めて実感する。

「桜、まだ咲いてた？」

「駅の側の河川敷ですか？　ほんのちょっとだけ。満開やったらすごいんでしょうね」

「たぶんね……どうだった？」

まだ波立つ気持ちを抑えつけるために尋ねた。

「何事もなく、スムーズにお線香上げてきました。幽霊トークには『そうねえ』ぐらいの反応でした」

「じゃあ、特に収穫があったわけじゃないのね」

「気になったのは一点だけですね」

雪乃はカフェラテにスティックシュガーをざらざら流し込んでかき混ぜる。

「亡くなる直前、村雲さん、もうろうとしつつ『おい、あれどこやった』って繰り返し言ってたそうです」

「単なるうわごとじゃない？」

邑子は眉をひそめた。

「会社でも入館証とかライターとかしょっちゅう失くして、そのたび人に訊き回ってたからね」

——おい、あれどこやった、あれ。

長い間聞いていなかった男の口癖が、イントネーションを伴って鮮やかに耳をくすぐり、思わず奥歯にぐっと力を込めた。

「はい、それは奥さまもおっしゃってました。いっつも『あれ、あれ』って、わかるわけないのにって」

邑子よりずっとたくさん「あれどこやった」を聞いたに違いない、正妻の耳はどんなかたちだろう。血管が透けるほど薄い？　耳たぶはぽってりしてつめたい？　異国に想いを馳せるように、邑子はどこかうっとりとした心地で想像する。嫉妬ではなく、淡い憧れが独り身から滲み出した。生活を共にしなかったおかげで甘ったるい感傷の入り込む余地もある——ああ、こういうところか、「感覚違う」って。

「せやから、無意味なうわごとかもしれへんし、息を引き取る間際まで気になってたものがあるんかもしれません」

「でも、それが何なのかは不明ってわけね」

「はい」

結局、進展してないんじゃない。脳天が痺れるほど苦いエスプレッソに口をつけ、手のひらに収まるカップを両手に包む。

「がっかりさせちゃいました？」

「別に期待してなかったから」

「村雲さんの書斎、入らせてもらったんです」

雪乃は言った。

「壁一面本棚で、びっしりスクラップブック並んでて、圧倒されました」

「ああ、『村雲ファイル』でしょ。社内でも有名だった」

スポーツ紙一般紙問わず、野球の記事で目に留まったものがあれば楽しそうにスクラップしていた。試合結果、チームや選手のデータ、インタビュー、囲み記事のちょっとしたコラムまで。「ネットの記事で読んでも頭に残らへんから」というのが本人の言い分だった。

「ひょっとして、その中に探しものがあるんじゃないの。間違えて会社に出てきてるだけで」

「だとしたらすんごいうっかりさんですね。さすがにあの膨大なスクラップの中から見つけられる気はしないです。お通夜にはタイガースの選手やＯＢが大勢駆けつけて、その人たちにサインもらいたいファンも集まってきて、大変な騒ぎやったって奥さまが笑ってました」

「実況、長かったからね」

村雲は、ただ切り抜きを集めて満足していたわけではない。ちゃんと嚙み砕いて吞み込み、消化し、我がものにしてしゃべることができた。上っ面の情報をなぞるのとは、聞き手に与える響きの深さが全然違う。決して出しゃばらず、解説のゲストを立てつつ、ゲームの流れに沿って村雲なりの見方や小ネタを絶妙のタイミングで差し挟むテクニックは誰にもまねができなかった。野球にまったく興味がない邑子が聞いてもみごとな語り口で、「なにわテレビのミスター実況」として球団からもスポーツ部からも信頼が厚かった。村雲清司は貪欲で、謙虚で、自信家で、そして野球とアナウンサーの仕事を何よりも愛していた。

「……奥さまって、どんな人だった？」

「え、三木さんより美人かって質問ですか？」

「違います、率直な印象を聞きたかったの。わたし、面識ないから」

「じゃあ、奥さまが包丁持って受付で暴れた現場も見てないんですか？」

「そんな事実はありません」

舌に残ったエスプレッソがじゅわっと酸っぱく広がる。誰がそんな誇張した修羅場を触れ回るんだろうと思ったが、別に誰が言いふらしていたっておかしくはない。ニュースは広く消費されるべきものだから。

「そうなんですか？　聞いてた話と違いますね」

「会社まで来られたのは事実だけど、さすがに凶器は所持してなかった……はず」

所持、という表現がいかにもニュースっぽかったせいか雪乃はくすっと笑った。

「絶対ではないんですね」

「面識ないって言ったでしょう。『三木邑子を出せ！』って受付で騒いで警備に止められたっていう説明しか聞いてないから」

「へえ、何でばれたんですか？」

「興信所」

「ドラマみたい。上品な物腰の、『ザ・奥さま』って感じのご婦人でした」

「そう」

もし、もしもあの人が奥さんと離婚したら、わたしは結婚していただろうか？　きっとしなかった。望まれても断っただろう。不倫略奪という不名誉なレッテル（プラス、ことによれば慰謝料）と引き換えに二十近くも年上の男を手に入れたところで、すぐに介護だの負担が降りかかってくるに違いない、貧乏くじはごめんだ——その程度の打算はあった。リスクを冒して既婚者と寝ながら、男の背や腕に縋りながら、邑子はどこかで冷静に考えていた。この人、あっという間におじいちゃんになるんだろうな、と。卑しく「賞味期限」をチェックしていたのなんて、わたしも同じだ。

窓辺の席からは表通りの街路樹と、北ヤードの空き地を囲う塀が見えた。邑子は頬づえをついてつぶやく。

「大阪最後の一等地」

「何ですか？」

「このへんのこと、ずっとそう呼んでたでしょ」

「ああ、懐かしいですね。グラフロできてからはあんま聞きませんけど」

「わたしみたいなんだって」

十一年前、邑子は夕方の情報番組でちょっとしたコーナー（流行り物や新しいスポットを紹介する、ごくありふれた）を担当していて、総合ＭＣが村雲だった。当たり障りのない世間話や仕事の打ち合わせ程度の関わりしかなかったのに、あの日の村雲は、いったい何を思ったのだろう。

梅田北ヤードに新しい商業ビルを建設予定、というＶＴＲが流れ、スタジオで「買いもんするとこなんかもういっぱいあるけどねぇ」「でも六本木ヒルズみたいになったらおしゃれやん」とひとしきりトークが展開された後、すんなりＣＭに行くのかと思いきや、ＭＣテーブルの村雲から雛壇の邑子にコメントが振られた。

――大阪最後の一等地、みんなが高嶺の花やと思って手つかずのまま見守って、ふと気がつけば結構な年月が経っていた……ちょっと三木さんみたいですねえ。

もちろん事前の台本にはないアドリブで、邑子は「えっ」と反応に窮した。すかさず、隣にいたベテランの噺家《はなしか》が「セクハラですやん」と軽快に突っ込んでくれたので「買い手募集中でーす」と笑顔をこしらえ、その場をしのぐ。

――ぜんっぜん、高くないです！　むしろお買い得ですよ。

――そんなん言う女がいっちゃん怖いんやでえ。

――あはは。

放送終了後、村雲が「三木、さっきのあれ、あかんかった？」といけしゃあしゃあと近寄ってきた。村雲より年下のプロデューサーは苦笑いするだけで、邑子は「当たり前です」と憤慨した。

――すまんすまん。ふと思いついて言いたくなってん。何でも好きなもんおごったるから、許せ。

邑子は、怒っていた。村雲がまったく悪びれていないことに。

そして自分が芯から怒りきれていないことにも。

きっと、まんまとおごられてしまうんだろうな、という予感があった。


「ちょっと何言ってるかわかんないです」

村雲との馴れ初めをかいつまんで話すと、雪乃は小首を傾げた。

「何言ってるかはわかるでしょ」

「だって、そんな失礼なこと言われて何でつき合う流れになるんですか」

「そういうこともあるの」

「三木さん、高嶺の花っていうより、箱入りっぽい。すらっとしてちょっときつめの近寄り難い系美人やから、今までそんな無礼なこと言うてくる男に免疫なかったんちゃいます？」

二十も年下の小娘に図星を指され、言葉に詰まる。女子高、女子大を経て「女子アナ」なる職業に就くと、言い寄ってくる男はほぼ例外なく「女子アナと後腐れなく遊んでみたい」という下心を隠そうともしていなかった。村雲と関係を持ったのは、下衆な誘いをやんわりかわすのにも疲れてうんざりしていた頃だった。

「それで、奥さんバレして、どうなったんですか」

「別に何も」

警備から騒ぎが伝わると、まずアナ部の部長が降りていった。そして内線で「三木、お前きょうは帰れ、通用口のほうからな」と指示があり、その夜二週間の自宅謹慎を言い渡され、二週間の間に東京出向が決まっていた。いつからの関係だとか重役陣に簡単な聴き取りをされ、特に叱責はされなかったが「ちょっとほとぼり冷まさなあかん」と言われた。

村雲に、電話もメールもしなかった。向こうからもコンタクトはなく、当然一度も顔を見ていない。ただ、邑子が家でぼんやりしている間も、村雲はふだんどおりに実況やテレビの仕事をこなしていた。

「バカだった」

邑子はつぶやく。

「不倫自体もだけど、いい大人同士なんだから責任もイーブンだって思い込んでた。でも違う。会社が守りたかったのはあの人だけで、わたしは適当に東京に追いやっても痛くも痒くもない存在でしかなかった。なにわテレビが誇るミスター実況と、三十過ぎた、特に売りもない女子アナじゃ比べものにならない。そのことさえ、はっきり突きつけられないとわからなかった」

どうして、こんな昔の恥をこの子に打ち明けているんだろう。家族にも友達にも話せなかったのに。誰かに守られる安らぎも誰かを守る覚悟も知らないまま、ひとりで漂っているうちにこんなにも脆くなってしまったのか。

「三木さんは、それでよかったんですか」

雪乃の大きな瞳の射程に入ると、それだけで責められている気持ちになった。ああわたし、この子が苦手。この子が嫌い。ひとりでもしゃんと立って、周りの顔色なんて窺わないところが。そんなスタイルが通用するのは若くてかわいいうちだけなんだからって、あっという間に旬を過ぎるんだからって意地悪く思ってる。自分の無力さを、新鮮さと見てくれただけの空っぽな値打ちを、失ってから思い知ればいいって期待してる。その頃にはわたしはもっと年を取ってるのに。

「他にやりようがあった？」

とげとげしく訊き返す。

「平等に処分してくださいってごねて、戦えばよかったの？　社内であることないこと言われながら？　無理よ。わたし、あなたみたいにメンタル強くないから」

「わたしも特に強くはないですよ」

「そう、じゃあわたしが弱いのね」

トレイを手に席を立ち、返却口に戻して足早に店を出た。南館の手前の信号で立ち止まるとまたＬＩＮＥの通知があり、怖いのに確かめずにはいられなくてスマホを見るとさっきの友人からだった。

『読んだ？　読んだよね、ごめん。最近夫といろいろあって疲れてて、なのに邑子はいつまでも昔と変わらなくていきいきしてきれいで……八つ当たりでした』

そんなわけあるか、と叫びたかった。わたしだって疲れてるよ、くたびれてるよ、萎《しな》びてるんでるよ。あんたと同じ、四十年ものの車、築四十年の家だって考えてみたらわかるでしょう。わたしには、けんかの相手すらいないんだよ。

でも、きっとわからないのだろう。邑子に「夫といろいろ」がわからないように。めんどくさい、と思った。わかってほしいこともわかりたいことも、相互に通じ合う瞬間なんかきっと永遠にこないのに、一方通行の矢印を向けたり向けられたり。生きている人間同士でこんなに難しいのだから、幽霊相手なんて、絶対に無理だ。

日曜の朝からお腹がしくしく痛み出し、月曜になっても治らなかった。生理前でもないのに、と憂うつだったが、この年になると全身すっきり快調、という日のほうが稀なのでいつもより重い足取りで出勤し、アナ部のホワイトボードに「笠原↓商店街ロケ同行」と書いてあるのを見てほっとする。とはいえ、どんな顔で会えばいいんだろうと気まずいのも邑子だけで、雪乃はあの調子でけろっとしているのかもしれない。

昼になっても腹痛は引かず、食欲もなかったので昼食に出るふりをして資料室に直行した。本を漁るためじゃなく、机に突っ伏して人目を気にせず休憩するつもりだった。なのに椅子に座った途端話し声が近づいてきたので、とっさに奥の書棚、いつも村雲が現れるエリアに身を潜める。

「縮刷版てどのへん？」

「あっちちゃうかった？　ほら、あった」

男がふたり、どうやら調べ物に来たらしい。ついてないな、と目の前の本を適当に抜き出しぱらぱらめくる。すぐ出て行ってくれますようにという願いは届かず、ふたりはだらだらしゃべりながら本を出しては戻しを繰り返しているようだった。どうしよう、わたしが退散したほうがいいのかもしれない。下腹部の痛みはだんだん強まってきていた。

「――そういうたらここ、出るらしいな」

男のひとりが言った。邑子の手がぎくりと強張る。

「え、何それ」

「知らん？　村雲さんの幽霊」

「嘘やろ」

「いや、結構有名な話」

「村雲さんて、こないだ死んだばっかりやろ。何で？」

「そんなん知らんけど――ひょっとしてあれちゃう？」

かすかに笑いを帯びた声で、次の台詞が予想できてしまった。うっすらとした蔑みに対して、邑子のセンサーは羽毛のように敏感だ。でも声を上げられないし、動けない。ただ感じ取り、揺れてふるえるだけの役立たず。

「三木が帰ってきたから」

ほら、的中。

「三木?……ああ、できとったもんな。最後にもう一発やらせてくれんことには成仏できへんって?」

「そうそう」

「すごい執念やな」

書棚を三つ四つ隔てた向こうに本人がいるとも知らず、男たちはげらげら笑う。その声が腹にがんがん響くのを片手で押さえ、さすってみたが痛みは一向に引かない。やばいかも、と焦る。何だろう。盲腸? 胃腸炎? 週末に食べたものを思い返しても心当たりはない。

「でも俺、実はショックやってん、村雲さんと不倫してたって知った時。何であんなおっさんと! って悔しかったわ」

「ほな、今から再チャレンジしてみろや。まだ独身なんやろ」

「ええわ、もう熟女やもん」

「え、俺は全然いけるな。身体の線崩れてへんし」

「そんなもん脱がしてみなわからへんて。ちゅうか、こんな話しとったら村雲さんに祟られんちゃうか」

「ははは」

ご安心ください。痛みのあまり身体をくの字に折りながら邑子は唇を歪めて笑った。あの人にはわたしが見えていないし、声すら届かない。今に始まった話じゃない、生きてる時からそうだった。わたしを切り捨てて、今までと変わらない生活を守るほうを選んだんだから。そんなことより、お願いだからおしゃべりをやめてどこかに行って。これ以上わたしを痛めつけないで。

その声はどうやら、神さまじゃない相手に届いた。

「すみません、社内でくそみたいな話するのやめてもらえます？」

言葉は汚いのに、凜と響く雪乃の声。この部屋の中の澱《よど》みをさあっと払うような、瑞々しい力と怒りにあふれていた。え、と大の男をたじろがせるほど。

「完全にセクハラですよ。コンプライアンス室一緒に行きましょうか？　わたし場所わかんないし」

「え、ちょお、落ち着いてや」

「アナ部の子やったっけ？」

きっと、へつらうような薄ら笑いを浮かべているに違いない。女の怒りを「大げさな」と矮小化し、怒るほうが神経質で大人げなくて狭量な人間だと原因を押しつけてくる時の、吐き気がするような笑顔。まあまあ、ごめんて、そないカッカせんでも……邑子は何度も見て、そのたびにすこしずつ削がれた気力は戻らない。

「落ち着いてますよ、あなたたちこそ正気の発言ですか？　ありえない」

だめ、そんなに強い言葉を使わないで。真剣に訴えたぶんだけ傷つけられるのはいつもこっちなの。わたしのことはいい。新人の女子アナが「絡みづらい」「めんどくさい」って思われたらもうおしまいだから。

雪乃を止めに入ろうとしたが、一歩踏み出しただけで下っ腹に激痛が走り、その場にうずくまった。かろうじて手にしていた本が床に落ち、その音を聞きつけた雪乃が駆け寄ってきた。

「三木さん！　どうしたんですか」

おなか、いたい。重石をのっけられたような声で答えるのがやっとだった。内臓にドライバーをぐりぐり捻じ込まれているんじゃないだろうか。痛い、死ぬほど痛い、けど死んだことがないからわからないし、もし出産してたら「あれよりまし」って思えたかな。こめかみから目尻へ、脂汗が伝ってしみた。

「救急車呼びます」

雪乃はそう宣言してすぐスマホを取り出し、まだその場にいるらしい男たちに向かって「警備に連絡しといてください、早く！」と命じる。大ごとにされたくなかったが、止める間も余裕もなく胎児のポーズで転がっているうちに救急隊員がやってきて、実に手際よく担架に乗せられた。

このまま永遠に七転八倒するんじゃないかとさえ思ったのに、呻きながら病院に運ばれて診察を受け、医師から説明を受ける頃には小康状態になっていた。

「卵巣捻転ですね。右の卵巣に嚢腫《のうしゅ》ができて、その重みで捻れたせいで痛みが出たんでしょう。今は捻れは収まってるので、なるべく早く精密検査受けてくださいね。ＭＲＩの予約取りますか？」

「手術して取らなきゃいけないんですか？」

「エコー見た感じ、そんなに大きくないので薬で散らすこともできると思いますが、悪性の可能性もあるので、詳しく調べてみないことには」

悪性って、要するにがんのことか。さほどのショックはなく、卵巣嚢腫って確か……と思い返していた。ＬＩＮＥを誤送信してきた友人が何年か前にそれで手術していた。邑子は東京にいたのもあって見舞いには行かず、退院後にちょっとしたお祝いだけ送った。「腹腔鏡でさっと切除して一週間くらいの入院で済むみたい」という術前の近況報告に「そうなんだ、よかったね」と簡単に返した。

あの時、わたし、ちゃんと心配したっけ。あの子の痛みや不安をどのくらい想像できていただろう。たぶん、ホームで電車を待つ間や、レンジでおかずを温める間にささっと返信して、人づき合いのノルマを果たしたつもりになって。あの子はひとりじゃないんだから、心細さを分かち合う相手がいるんだから、自分があれこれ考える必要はないって、気持ちや時間を割くのをやめた。いつからこんなけちな人間になっていたのだろう。

診察室のベッドからのろのろ起き上がりふらつきつつ出ていくと、待合にいた雪乃が素早く近づいて邑子の身体を支える。外来の診療時間外なのでひとけはなく、テレビも消えていた。

「大丈夫ですか?」

「うん……精算しないと……お金とか保険証、会社に」

「大丈夫です、会社すぐそこやから三木さんのかばん持ってきました」

「ありがとう」

いったん長椅子にかけ、ふうっと息をついて「ごめんね」と言った。

「いえ。まだ痛いんですよね、すこし休みましょう」

細い腕が背中にそっと添えられると、それだけでふしぎと楽になる気がした。

「卵巣嚢腫なんだって」

「手術ですか？」

「まだわかんない。入院や手術だと、身内に書類書いてもらわなきゃいけないんだっけ？無職の親でも大丈夫かな……」

「わたしでよければいくらでも書くんですけどね。でも何とかなりますよ、病院のケースワーカーさんに相談してもいいと思いますし、うちの会社、見かけ上はちゃんとしたところじゃないですか」

「見かけ上？」

「内部ではくそみたいなセクハラが横行してますから」

「その、くそっていう口癖はやめなさい。放送で言っちゃったらどうするの」

「言いませんよ」

「甘い。普段使ってる言葉って、つい出るんだから」

やめてね、とたしなめると不服げな表情を隠そうともせず「はあい」と答える。

「さっき、ちょっとだけ、このまま死ぬかもって思った」

「死ななくてよかったです」

「まだわかんないけどね。……心残り、あるかなって考えたの。あの人を残して死ねないとか、あれをやり遂げるまでは、とか。でも特になくて」

親には申し訳なく思う。でも苦痛に耐えてでも「生」にしがみつきたい、そこまでのモチベーションが邑子にはなかった。

「それでね、ひとつだけ思ったのが、いちご」

「いちご？」

「おととい、あなたに八つ当たりして帰ったでしょう」

「え、わたし八つ当たりされてたんですか？　ひどい」

雪乃が目を丸くしたので、こっちこそ驚いた。

「わからなかったの？　あんなあからさまに話ぶったぎって帰ったのに？」

「トイレにでも行きたくなったのかなって思ってました」

「何それ」

邑子は吹き出し、痛みのせいで文字どおり腹を抱えて笑った。

「あなたってほんとに変な子。お腹痛いんだから笑わせないでよ」

「笑ってないで反省してくださいよ」

さっきの雪乃をまねて「はあい」と言った。子どもっぽい口調は、やってみるとなかなか楽しかった。

「阪急のデパ地下に寄って、いちごを衝動買いしたの。木の箱に入った、五千円もするやつ。

ぴかぴか赤くてきれいで、見た瞬間どうしても欲しくなった。すぐ食べちゃうのがもったいなくて、その晩は眺めてるだけで満足だった」

そして翌朝から体調不良で食べる気になれなかったので、木箱は手つかずのまま家にある。

「もったいぶらず、買ったその日に食べればよかったなって後悔したの。ひとりの部屋で、たっかいいちごかじって、それほどの味でもなかったら『損した』って独り言を言って……全然悪くないじゃない、好きにすればよかった、そう思った」

雪乃は頷いたが「酸っぱかったらジャムかマリネにしてもいいですもんね」とコメントするあたり、邑子の心情をどの程度理解しているかは微妙なところだ。

「村雲さんの心残りも、もしかすると三木さんのいちごみたいにささやかなものかもしれませんね」

「本人に訊けたらいいんだけどね」

会計の際、かばんに本が一冊突っ込んであるのに気づいた。邑子のものではない、ハードカバーのスポーツルポ。

「あれ、これ、わたしが資料室で持ってた本？」

「あ、すみません、気が動転してて、一緒に持ってきちゃったみたいです。返しときますから」

る。

「うん、自分で返す」

ぷらんと垂れたしおり紐を挟み込もうと適当なページをひらいたら、何かがふわっと落ちる。

「ん？」

床から拾い上げると、それはポテトチップのおまけについてくる、野球選手のカードだった。邑子でも知っている、広島カープの衣笠祥雄《きぬがささちお》。雪乃と顔を見合わせる。

「……ひょっとして、これちゃいます？」

「でも、あの人カープファンじゃなかった。熱烈な虎党」

「そんなんわかりませんよ」

雪乃は興奮しているのか、珍しく上ずった声で持論を展開した。

「在阪の、タイガースとべったりの局でスポーツアナやってて、ほんまはカープが好きって言えなかったんじゃないですか？　会社の人にも、奥さんにも、三木さんにも秘密にしてた。このカード、結構年季入ってますもん。持ち歩いて、こっそり眺めて楽しんでたけど、何かのタイミングでこの本に挟んだままどこにやったか失念したんかもしれません」

仕事で関わりの深い球団と、個人的に応援するチームが違っていてもそれは仕方がない。放送で悟られなければいいだけの話だが、村雲のプロ意識がプライベートで漏らすことさえ許さなかったとしたら。

——おい、あれ、どこやった。

四隅が剝がれてきている、ぺらぺらのおまけ。本当にこんな紙きれを探してさまよってるの？　わたしのいちご、あなたのカードとちっぽけな秘密。

「確かめなくちゃ」と邑子はつぶやいた。


きょうはやめときましょうよ、と止める雪乃を大丈夫だからと説き伏せて真夜中に集合した。下腹部のつきつきした痛みは続いていたが、我慢できるレベルだった。卵巣ってこのへんにあるんだ。服の上から撫でてみる。検査結果が芳しくなくてごっそり摘出、という結果になったら、子どもどころか卵をつくることもできなくなる……想像の段階では悲しくも寂しくもなかった。でも、悲しくも寂しくもないと言えば責められるだろうか、それとも憐れまれるだろうか。

「ほんとに大丈夫ですか？」

邑子より早く来ていた雪乃が尋ねる。

「二回も救急車呼ぶん、いやですよ」

「今度は自分で呼ぶから」

最初は雪乃に引っ張られるかたちでいやいや通っていたのに、今は邑子が雪乃を押し切るなんて、おかしなものだ。

「それより、このカード見せても気づいてくれなかったらどうする？」

「一応、秘密兵器も用意してます」

自信ありげに請け合われると、却って不安になる。

「どんな？」

「使う時がきたらわかります」

「こないのを祈るわ」

手のひらのカードを見下ろす。これが正解で、村雲が成仏したら、その時自分は何を思うのだろう。自分のことも、他人のことも、幽霊のこともわからない。でも、邑子はまだ生きている。それは確かだ。

空気が、突然冷える。室内が不規則な明と暗を繰り返し、やがて暗転したままになる。ここ一週間見守ってきた、村雲出現のルーティンは今夜も変わらなかった。邑子は自分のスマホで書棚の一角を照らし、半透明の村雲がゆっくりと近づいていくのを確認してから声を張った。

「村雲さん、何をお探しですか。ひょっとしてこれじゃありませんか」

村雲は痩せた背中を丸め、首から上だけ突き出した姿勢で背表紙の列を眺めたまま動かない。声が届いていないらしいのも今までと同じだった。

「ほら、見てってば」

カードをかざして突っ込んでいくと、伸ばした手が村雲の横顔に触れたはずなのに、物体の手応えはなく、手首から先だけが氷の霧に覆われたようにいっそうつめたくなっただけだった。身ぶるいして後ずさる。

「三木さん、大丈夫ですか？」

「うん……やっぱり駄目みたい、全然通じてない」

邑子は唇を噛んだ。でも次の瞬間にはまた精いっぱい毅然《きぜん》と話しかける。諦めたくない。まだ、自分の声は届くと信じたい。

「村雲さん、どうしてここにいるの。言ってくれないとわからない」

あの世とこの世の狭間を漂う身体が陽炎《かげろう》のように揺らぎ、それでもなお、村雲と邑子のチャンネルは合致しない。「村雲さん」と邑子は叫ぶように呼んだ。

「ねえ、関係ない人まで怖がらせて、ずっとここにいるつもり？　わたしの声を聞いてよ、話を聞いてよ、一度くらい、言うことを聞いてよ。ねえってば。お願いだから、教えて」

この男にとって特別な存在だなどと自惚《うぬぼ》れていたつもりはないが、こうも一方通行だと悔しい。死んでまでわたしを傷つけるんだ、と思うとこれまでのことが一気に込み上げてきて「何よ未練たらしい」と毒づかずにはいられなかった。

「そんな貧相な姿でふらふらしてないで、さっさと天国でも地獄でも行きなさいよ！」

聞いて。わたしを見て。わたしに気づいて。ここにいるの。あなたが思い残したものが何だったのか知りたい。手遅れだとしても、わたしはあなたをわかりたい。

あなたの力になりたい。

「三木さん、あんまり興奮すると身体に悪いですよ」

「大丈夫……ねえ、あなたの『秘密兵器』って――」

雪乃を振り返ろうとした時、室内に大音量が響き渡った。

『打ったーっ!!』

ここ最近の経験により不測の事態には一定の免疫ができていたが、それでも腰を抜かしそうになった。音の元は雪乃のスマホだ。

『打球は、伸びる、伸びる、甲子園の空に夜の虹を架け、その終点は……超満員のスタンドに吸い込まれました！　逆転満塁サヨナラホームラン!!　甲子園が歓喜に揺れています、あぁ、この歓声を夜明けまで聴いていたい……』

村雲の声、現役時代の実況。おそらくこれが「秘密兵器」。

再び村雲に向き直ると、初めて書棚ではなく、邑子を見ていた。村雲にだけ微妙にピントが合いきらず、表情ははっきりわからないが、きょとんとしているように見えた。あれ、何でこんなところにおるんや、そう言いたげな。

自分自身の声だけは聞こえるなんて、本当に、死んだ後も腹が立つ男だ。

邑子は音を止めるよう手ぶりで雪乃に促し、静まりかえった室内で村雲と対峙した。といってかける言葉は何もなく、黙って衣笠のカードを差し出すと、村雲が笑った。それだけは伝わってきた。真っ白になった髪、鼻にはボンベとつながったチューブが挿入されて頬は彫刻刀で削いだようにこけ、見る影もないほど衰えている。でも、昔と同じ笑顔だった。「さっきのあれ、あかんかった？」と邑子に訊いた時と変わらない、意地が悪いけれど憎みきれない村雲の笑い方のまま、音もなく背景に透過し、消えた。部屋に明かりが戻る。

「……三木さん」

そろりと雪乃が呼ぶ。

「どうなったんですか？」

消えた、と邑子は答えた。口にした瞬間、確信に変わった。「成仏」が何を指すのか知らないが、村雲はもうこの世から完全に姿を消した。膝関節のビスが落っこちたようにかくんと脱力し、その場にしゃがみ込む。雪乃が慌てて駆け寄ってきた。

「お腹痛いんですか？」

「ううん」

かぶりを振ると、目から涙の粒が散った。

「いなくなっちゃった……ほんとに、いなくなっちゃったの……」

村雲清司は死んだ。邑子が生きる世界のどこを探しても見つからない。互いに生きていて会わない、会えないこととはまったく違う別離の重みが、今、初めて全身に押し寄せてきた。恨んだ。妬んだ。悔やんだ。でも、好きだった。わたしは確かにあなたが好きだった。言われなかったし、訊かれもしなかったから、こっちも言わなかったけど。鼻で笑われて傷つくだけだとしても、思いきりぶつかってやればよかった。この涙を、十年前に流していたら自分は何か変わっていただろうか。

雪乃の手のひらが背中をさする。邑子は嘔吐するように激しく泣いた。「ああーん」とちいさな子どものように手加減なく悲しみを吐き出した。


わたし、結局村雲さんを見てないんですけど。

リフレッシュスペースのソファで、雪乃がつぶやいた。

「でもさっき、こう、ふっ……て何かが失せた感じはしたんですよね。人間って死ぬ瞬間二十一グラムだけ体重が減るって話があるんですけど、ほんまにそんくらいのささやかな変化が」

「五味さんにはどう説明する？」

「解決しましたって、それだけでええんちゃいます？」

　何年ぶりかわからない（ひょっとすると生まれて初めてかもしれない）ほど号泣した反動で邑子はぐったり疲れていた。足を投げ出してだらしなく伸びていると、雪乃も同じポーズを取る。

「入社前、村雲さんとランチした時、『どんな仕事がやりたい？』って訊かれて、とりあえず『ナレーションです』って言うたんです。実家のお寺で、定期的に近所の子ども集めて読み聞かせするんですけど、わたしがやるとあんまりウケがよくないんですよね」

「わかる気がするわ」

「どういう意味ですか。まあ、とにかくコツとか学ぶ機会があればいいなとは思ってたんです。しばらくして五味部長がトイレに立った隙に、村雲さんがこそっと『ナレやったら、三木が抜群にうまいから参考にしろ』って教えてくれました」

「え？」

「『長尺でもテンポとか抑揚がぶれへん』って。『今は東京におるけど、そのうち戻ってくるから』とも言うてはりましたね」

思わず姿勢を正して雪乃を見ると、いたずらっぽく笑っていた。

「だからわたし、三木さんと仕事できるの、楽しみにしてたんですよ」

「あの人からそんなふうに言われたことない」

「ありがちですね、面と向かって褒めない男。そのくせ、こっそりと俺は理解者だからみたいにドヤるんですよ」

「本人に聞かせてやりたいわ」

「残念ながら成仏しちゃいましたもんね」

「たぶんね」

邑子も笑って、ふうと息をつき、雪乃の肩に頭をもたせかける。

「成仏した後は、どこに行くんだろ？」

「無ですよ」

雪乃はあっさり断言した。

「お寺の娘でしょ、輪廻転生的な発想はないの？」

「また一からやり直しとか考えるだけでいやじゃないですか？　給食の時間とか……」

「せせこましい話しないでよ」

「じゃあスケールでっかく、お星さまになったということで」

適当ね、と呆れながら、邑子の脳裏には大阪ステーションシティシネマの赤い大きな星が浮かんでいた。もう二度と会えないはずだったのに、遠い、遠いところへあなたを送り出してあげられた。淡くささやかな満足を、この胸に灯していいだろうか。黒歴史にしていた十年間の暗がりを照らしてもいいだろうか。

「そういえばあのカードどうしました？」

「知らない。床には落ちてなかったと思うけど。持って行ったんじゃない？　眠くなってきちゃったな」

「ちょっと寝ましょうよ。ほんで、朝ごはん食べましょう。そこの福島天満宮の側のうどん屋さん、七時から開いてますから」

「おすすめは？」

「かけうどんのあったかいのに、肉と、たまごの天ぷらと、ちくわの天ぷらをのっけます」

「朝からそんなに入らない」

朝を迎える、そのシンプルな未来を疑わない雪乃の言葉。あと数時間で朝がくる。あの人がいなくてわたしがまだいる、朝。夜明けにひとりじゃない、久しぶりの朝。

報道フロアとアナ部に持っていく菓子折の紙袋を片手に、玄関の姿見で身だしなみの最終チェックをしているとLINEが届いた。友人からだ。

『おはよう。きょうから出勤だよね？　自分で思ってるより体力落ちてるから無理しないように！』

邑子は「ありがとう。行ってきます」と返信し、一度大きく深呼吸してからドアを開けた。ほんの一週間見ないうちに、通勤路の街路樹が青々と若葉をたたえている。もう、春が終わった。

局の入り口で中島とばったり会った。

「おお、三木ちゃん、きょうから復帰か」

「おはようございます、ご迷惑おかけしました」

「とんでもない。身体、大丈夫か？」

「はい、幸い良性だったので、腹腔鏡手術でさくっと取って終了です」

「よかったよかった」

「しぶとく生きます」

それから、すこし迷ったが、決意が鈍らないうちにとエレベーターホールの手前で切り出す。

「あの、中島さん、わたし、ストレートニュースだけじゃない長めのVとか、ドキュメンタリーのナレにまた挑戦してみたいんです。アナウンサーとしてはブランクも長かったので難しいかもしれませんが、発声練習からやり直すつもりで頑張りますので、考えてもらえませんか」

人のいい中島を困らせてしまうかもしれないと思ったが、「考えるまでもなく大歓迎や」と笑顔で応じてくれた。

「三木ちゃんにお願いできるんやったらこっちも嬉しいわ。夏の終戦特集の企画、さっそく頼んでもええか？」

「ほんとですか？」

「渡りに船や。三木ちゃん、十年経っていっそうええ声になったもん」

「老いましたよ、声も」

「いや、違う。角が取れて、円熟味いうんかな、酒と一緒で、年月を経な醸《かも》せん深みがあって、それは若手にはないベテランの武器やで。三木ちゃんは立派なプロや」

「……ありがとうございます」

深く頭を下げると、中島は「やめてくれ、恥ずかしいわ」とエレベーターに逃げ込んでいった。入院生活でなまった身体を鍛えるべく、六階のアナ部まで階段で上がると、廊下で今度は雪乃を見かけた。

「おはよう笠原、久しぶり」

しかし雪乃はにこりともせず無言でずんずん近づいてくると、体当たりするように身体を委ねてきた。

「え、何なの、わたし病み上がりなんだけど」

「三木さん」

どうしよう、と消え入りそうな声で言う。

「わたし、きょうの昼ニュースで初鳴きなんです」

「そうなの？　おめでとう」

「めでたくないです」

「何でよ」

「だって、怖い」

「え、まさか緊張してるの？」

「してますよ、当たり前じゃないですか。三木さん、よくこんなこと平気な顔でやってはりますね」

「お化けより全然怖くないと思うけど」

「そんなん人それぞれです。どないしよう、オンエアの時、テーブルの下で手握っててください」

「何言ってんの」

小刻みにふるえる両手が、邑子の手を握る。そうか、怖いのか、初めてだもんね、当たり前だよね。邑子にとっては退屈なルーティンでも、雪乃には未知の舞台。噛んだらどうしよう、声が裏返ったら、アクセントがおかしかったら、画と読みが合わなかったら——そんな不安をおくびにも出さず、カメラと向き合わなければならない。

やらかして、腐って、いじけるばかりだった日々を、評価してくれる人がいる。こんな自分でも頼ってくれる後輩がいる。邑子は「大丈夫」と励ました。

「大丈夫、頑張れ、ちゃんと見ててあげるから」

それは自分にかけた言葉でもある。わたしはこれからも漂い続ける。ちょっとした波で浮き沈みを繰り返し、頼りなく漂流するだろう。でもそのうち、与えられた地図にはない、新しい海を見つけることだってあるかもしれない。生きている限りはそれを楽しみにしていい。

〈夏〉泥舟のモラトリアム

ビールのことしか考えられなくなってきた。

夜はまだ涼しさもあるから、野外のビアガーデンがいい。霜をびっしりまとってきんきんに冷えたぶ厚いジョッキだとなおいい。冷やしすぎたらビールの味がわからない、なんてご高説は知るものか。ジョッキを握る手がつめたくなり、触れた唇がつめたくなり、そしてみっしり密な泡の下から流れ込んでくる待望の刺激で口内が一気につめたくなる。目の覚めるような喉越しに身ぶるいしつつぐびっと食道へ、胃へと送り込み、ぷはっと息を吐いたら上唇の端で音もなく蒸発していく泡を拭う——別に大それた夢じゃない、いち労働者のささやかなお楽しみだ。でも今の中島にとっては砂漠の彼方のオアシスに思える。

赤信号で立ち止まり、ふう、と仰いだ先にはコンクリートの高架がそびえている。こいつの足元を這うように、かれこれ二時間近く歩いてきた——はずだ。歩数も正確な現在時刻も残りの距離も定かでない。ただ、まだまだ会社まで遠いのは確かだった。一時停止すると小休憩が取れる反面、足を止めた途端にどっと汗が噴き出し、耳の後ろやら背中やら、遠慮なく伝い落ちるのが不快でたまらない。汗だくで会社に辿り着いたら、若い女性スタッフが

「くっさ！」と容赦なく顔をしかめるかもしれない。いや、そんなんどうでもええわ。とにかく冷房の効いたとこへ行けるんやったら。エレベーター、もう動いとるよな。これの後で十二階まで歩きはかなわん。

信号が青に変わる。立ち止まった後の一歩は、ことのほか重たい。


例年より早い梅雨入りから二週間ほど経った、月曜の朝だった。アラームをセットした八時より二分巻きの七時五十八分、中島はベッドがゆっさゆっさと左右に揺さぶられる感覚ではっと目を覚ました。横たわったまま室内に視線を巡らせると、寝室の隅にあるスタンドランプの紐も踊るように揺れている。自分が寝ぼけているわけではなかった。

覚醒してもベッドから動けなかった。周囲に倒れてきそうな家具はなく、むしろ身動きした瞬間に大きな揺れが襲ってきそうで怖かった。扉一枚隔てた台所では妻が朝食を作っているはずだが、特に物音はしない。水平になった全身が、フライパンの上で緩慢に揺すられているような感覚に冷や汗が出る。震度三……いや四はあるか？　ここは十五階やから余計に揺れとるとしても、これはでかいな。中島の脳裏を、二度の震災とおととしの地震がよぎった。あんなんはごめんやで、と臆面もなく思う。過去の災禍に見舞われた人々だって、ごめんだったに決まっている。とにかくじっとしてさえいれば、揺れが鳴りをひそめて地中深くに潜っていってくれるような気がして息を殺した。頼むからこれ以上揺れてくれるな、揺れてくれるな……。もちろんそんな祈りが届かないのを知っている。

時間にして一分足らずだったと思う。地中深くで目を覚ましかけて身じろいだ何者かが再び眠りについたように揺れは収まり、それでもまだ足元がぐらつくような心許なさを覚えながら中島は起き上がり、寝室を出た。

「おい、香枝《かえ》、大丈夫か」

「おはよう、朝からびっくりやね」

妻はさほど驚いてもいないようすで「週明けからいややわあ」とぼやきつつ玄関近くにある娘の部屋を確かめに行った。中島はテレビをつけ、NHKにチャンネルを合わせる。何だかんだ言って災害時にあてにしてしまうのは自局でなく公共放送だった。アナウンサーが地震情報を伝えている。最大震度は六弱、震源は大阪府北部。範囲こそ広くないものの、それなりの被害がありそうだ。画面を見ながら、社内のグループLINEに「無事です、今から出社します」と送った。同様のフキダシがぽこぽこと浮かんでくる。今のところけがをしたスタッフなどは見当たらない。

「明里《あかり》、大丈夫やった？　開けんで……なにてあんた、地震やないの。さっき揺れたの、知らんかったん？　目ぇ覚めへんてすごいな、大物やわ」

娘の安否を確認すると今度は玄関のドアを開け、建て付けが歪んでいないかチェックし、妻のほうが中島よりはるかに機敏だった。同じタイミングで外に出てきたらしい隣の奥さんとにぎやかにしゃべり出す。

――びっくりしたねえ。

――ほんま！　大阪ってあんま揺れへんもんねえ。

――せやね、むかーし、お父さんの転勤で東京おった時は割とひんぱんにぐらっときたわ。

――阪神淡路大震災思い出して怖かったわ。震災の時はどこ住んではった？

――ああ、震災当時がちょうど東京やってて、知らんのよ。

――へえ。せや、エレベーター停まってるって。

――えー！　どないしよ、きょう生協頼んでんのに。

――いつ復旧すんねやろね。

中島は手短に顔を洗い、ひげを剃ってスーツに着替えた。ひとしきり井戸端会議を終えた妻が戻ってきて「ごはんは？」と尋ねる。

「いや、すぐ行かなあかん。状況によってはしばらく帰られへんかもしれん」

「そんな大ごとなん？」

「まだわからんけど、普段から人足りへんしな」

最前線の中継や記者リポに派遣されるような年ではないが、社内での後方支援や連絡係が必要になるだろう。

「電車動いてる？　タクシー呼ぼか？」

「とりあえず駅行ってみる。最悪歩きかもな」

玄関先でスニーカーの紐を結んでいると、香枝がラップで包んだおにぎりをふたつ、ショルダーバッグに押し込んだ。

「おい」

「空きっ腹やと倒れんで」

「悠長に食うてる時間ないぞ」

「おにぎりやから歩きながらでも食べれるやん」

「いい年こいたおっさんが歩き食いしとったら恥ずかしいやろ」

「山下清《やましたきよし》みたいでかわいいで。ほな気ぃつけて、行ってらっしゃい」

適当極まりないコメントとともに送り出され、一度だけ明里の部屋を振り返ったが、扉は開くことなく、中からはうんともすんとも聞こえてこなかった。

マンションの一階まで小走りに駆け下りただけでもなかなかの負荷で、膝が笑い出しそうになる。六甲を望む眺めに惹かれて最上階を選んだのは考えものだったかもしれない。地震対策というのは年々「頑丈さ」より「慎重さ」を優先し、とにかく「何かあったらすぐ停まる」ようになっている気がする。もちろんそれは正しい。命あっての物種、臆病に越したことはない――でも、その割に原発は何としてでも動かそうとするよなあ、この矛盾は何なんやろ。早くもこめかみに浮かんできた汗を拭き拭きそんなことを考え、何やジャーナリストみたいやな、とひとり気恥ずかしくなった。

最寄りの阪神電車西宮駅に着くと、案の定運休だった。目に見える損傷があったわけではないが、線路の安全点検が終わるまで復旧は見込めないらしい。バスとタクシーの乗り場は長蛇の列で、予想どおりとはいえため息が出た。甚大な被害など望まない、しかし、社会生活を停止するレベルか迷った人々はとりあえず会社や学校に行こうとし、通常運行を続けるレベルか迷った交通機関はとりあえず一時停止の判断を下す。「急げ」と「止まれ」が混在する黄信号みたいな状態だった。

何かに使えるかもしれないので駅前の混雑をいくつかのアングルでスマホのカメラに収めていると、見覚えある顔がフレームインしてきた。小さな画面の中でひらひら手を振っている。

「おい、変な映り込み方すな」

スマホを下ろして苦情を言うと、市岡《いちおか》は「つい」と反省の色なく笑った。

「それより困ったなあ、案の定電車動いてへんな。ＪＲも阪急もアウトや」

「タクシー、一緒に乗っていくか？」

「この列やと、長時間待って乗れたところで大渋滞にハマるやろな。高速で身動き取れんようになったら目もあてられん」

「ほな、結局歩きがいちばん確実なんやな」

「そういうこと。文明はいざって時脆いねえ」

昔からどこか飄々と摑みどころのない同期は、こんな非常時でもマイペースだった。

「マップで調べたら会社までだいたい十七キロ、三時間半くらいで着く見当や」

「言うた側から文明の利器使うとるがな」

その時間と距離が五十二歳の肉体にどの程度こたえるのか、歩いてみないことにはわからない。ハーフマラソンより短いな、などと考えたが実際に二十キロも走破した経験などない。

とにかくここで突っ立っていても仕方がないので、グループＬＩＮＥに「中島及び市岡、徒歩で向かいます」と投げて出発した。

「まあ、ぼちぼち行こう。下手に気張って走ったりしたら行き倒れてますます迷惑かけるもんな」

「そんなのんきにしてられへんやろ、俺はともかくお前は報道局次長やねんから」

「デスクのほうが実務は多いやろ」

「俺なんかあてにせんでも下のスタッフがちゃんとやってくれるわ。後は座して定年を待つのみ、みたいなおっさんひとりおらんかったところで……」

「自虐的やな」

「そういう年頃や」

「まあなあ。松井は辞めてよかったたって今頃胸撫で下ろしとるやろな」

「せやな」

先月末で退職した同期と、最後に飲んだ夜のことを思い出す。これからは所有する物件の管理や資産運用で暮らしていく、と中島にとっては何だか夢のようなふわふわしたビジョンを語ってくれたのだった。

——こんな激務、定年までやるつもりはないって二十代から決めとったからね。

——セミリタイアには早すぎへんか？　毎日暇ちゃうんか。

——いやいや。朝起きて株価見て、午前中はマンションの掃除やら修繕するやろ、昼は出かけてどっかで食うわな。嫁さんには、昼めしの支度はせんでええ言うてんねん。退職した旦那が昼間家におるほどうっとおしいもんはないからな。

同席していたアナウンサーの三木邑子が独身にもかかわらず力強く頷いていたから、そのとおりなのだろう。

——河原町あたりで昼めしすませたら、本屋とか美術館とかぶらぶらして、川べり散歩して、後はジムで汗流してジャグジー浸かって、適当に世間話でもしとったらもう夕方やで、あっちゅう間や。

ほおお、としか言えなかった。驚くほどぜいたくでも浮世離れしてもいないはずなのに、やはり中島の現実からはかけ離れた未来図に思える。

——まさに悠々自適ですね、投資の才覚がある人は違いますねー。

邑子の言葉に、松井は「いやいや」とかぶりを振る。

——リーマンショックの当時は、ほんまに首吊りたくなるような日もあったよ。

さらりとした口ぶりが却って壮絶なカネの修羅場を想像させ、背すじが寒くなった。俺には到底無理やな、と百の言葉を尽くされるより明確に実感できた。

「松井やろ、高浜《たかはま》も実家の旅館継ぐ言うて城崎《きのさき》に帰って、御子柴《みこしば》は嫁さんの実家の北海道で農業、本浪《ほんなみ》も何や、田舎で晴耕雨読したいんやったっけ」

この一年で会社を去った同期を、市岡が指折り数える。

「最近多いなあ」

「うん」

三十人以上の同期も今は二十人いるかどうかというところだった。若いうちにさっさと転職していったやつ、身体を壊して辞めざるを得なかったやつ、事情はさまざまだが、五十の坂を越えてから、櫛の歯の欠けが目立つようになった。理由は簡単で、会社が退職金に色をつけたうえでの早期退職を大いに推奨しているからだ。斜陽著しいマスコミ業界に六十歳までしがみつくのか、ここで転機を図るのか。

「泥舟から逃げ出すねずみみたいなもんやろうな」と中島はつぶやいた。

「中島は逃げへんのか？」

「逃げたとて、次のアテなんかあらへん」

高架を支えるぶっとい橋脚を辿って歩く。平日のこの時間なら電車がひっきりなしに行き交い、音とともに灰色のコンクリートを振動させているはずなのに、今はしいんと静まり、無機質さをいっそう際立たせている。

「娘もまだ大学二年生やし、冒険も隠居も無理や」

「おお、明里ちゃんもうそんな年か、こないだ生まれたとこみたいな気ぃするわ」

「さすがに大げさやろ」

そうだ、明里が生まれた時、同期からの祝い金を取りまとめてベビー用品をあれこれ手配してくれたのは市岡だった。義理人情など重んじるようには見えないのに案外根回しや気遣いを欠かさず、目端が利く男はとんとんと出世して報道局次長にまでなったが、それで偉ぶるでもない。だから「同期なのに上司」という微妙な関係を気まずく感じたことはなかった。

「明里ちゃん、元気か？」

「元気やけど、最近は父親となんか目ぇも合わせへんわ」

「そら、男親の宿命やな。そのうち収まるんと違うか」

「どないやろ。……お前みたいな親父やったら、うまいことやってけるんかもしれんな」

ぽろりとこぼしてから、自分でもほんまやでと思えた。市岡のような冷静さがあれば、明里とあんな喧嘩をして、今に至るまで長々と引きずらずにすんだのかもしれない。

「何を言うやら」

唐突に引き合いに出された市岡はきょとんとしていた。

「中島はおっとりしたええお父さんに決まってるやないか」

「どんくさいだけや」

「おいおいやめとけ、五十男の自虐なんかただただ哀れで笑われへんわ」

背中を軽く叩かれる。気づけば西宮の隣、今津駅が目の前だった。ええと、あとどんだけや、久寿川《くすがわ》、甲子園、鳴尾、武庫川、尼崎センタープール前、出屋敷……うんざりする。会社のある福島駅まで各停でも三十分少々、特急や急行に乗り換えれば二十分足らずの所要時間だからすぐ近くのように錯覚してしまうが、西宮は兵庫、福島は大阪。立派に県境を越えているのだ。

それでもふたりで話しながらだと気が紛れていいと思っていたのに、今津駅に着くと市岡から「ここでふた手に分かれよか」と提案され、情けなくも「ええっ」と声を上げてしまう。

「これからまた大きな揺れがないとも限らへんやろ、共倒れのリスクは避けよう。どっちかひとりでも確実に会社に辿り着きたい。連れションみたいに出勤すんのもどうかと思うしな」

「ああ……せやな」

中島の消極的な同意にはお構いなしで、市岡は「ほな、お互い健闘を祈ろう」と線路の反対側へ回って行こうとする。

「あ、おい、市岡、朝めし食うたか？」

「いや、俺もかみさんも朝はコーヒーだけやから」

「普段ならともかく、ばてるぞ」

中島はショルダーバッグからラップに包んだおにぎりをひとつ取り出し、差し出した。

「よかったらどっかで食え。具は梅干しかたらこのどっちかや。他人のおにぎりよう食わんのやったら、無理にとは言わんけど」

市岡はすこし驚いた表情を浮かべ「ありがたくいただきますわ」と受け取った。

ひとりになった中島は、自分に気合を入れるため「さて」と敢えて声に出し、歩き始めた。曇天ながら雲の向こうに太陽を感じる明るさで、そして蒸し暑い。ハンカチよりもタオルを持ってくるべきだった。

高架に貫かれた何の変哲もない住宅街は、散歩コースと捉えるにも退屈だった。グループLINEには間断なく業務連絡が飛び交っているが、現場にいない中島ができることは特にない。夕方のニュースで急きょスタジオ出演を依頼できそうな専門家の心当たりを送るくらいだった。

『おとしも出てもらったK大の防災学の先生はどうでしょうか、テレビ慣れしてるのでトークは問題ないです。共有フォルダのゲストのファイルに連絡先があるはずです』

メッセージは瞬く間に新しいフキダシに押し流されていく。まあ、既読は複数ついているから大丈夫だろう。歩きながら、さっき市岡が言った「連れション」という言葉を反芻していた。いい大人が連れ立っていないと行動できないなんてもちろん恥ずかしい、でも、中島は基本的に右へならえの人生を送ってきて、主体的に何か決断したという記憶がなかった。

実家は東大阪市にある、何の変哲もない下町の定食屋だった。さばみそも焼き餃子もハンバーグも、格別褒めるところもけなすところもない平凡そのものの味で、近所の町工場の従業員が昼休みには定食を、終業後にはビールとちょっとしたつまみを求めて通ってきた。やれ油が値上がりした、今年は米が凶作だったと世の中の大抵のものの価格変動に一喜一憂しつつそろばんを弾く両親の姿をよく覚えている。父親は「自営業なんかやるもんちゃうぞ、気苦労ばっかりで割に合わん」が口癖で、息子にはしきりと「大学を出て公務員か、食いっぱぐれのなさそうな大企業勤め」を勧めた。気苦労の反面、閑古鳥が鳴く日は昼間から売り物の瓶ビールを開け、スポーツ新聞を広げてラジオで競馬中継に聴き入ることができる自由さもあったはずだが、とにかく父親の目には「勤め人」こそが安泰に映っていたらしい。中島は「そういうもんか」と特に反発も覚えなかった。

父の希望どおり勤め人になった時、もうあれこれ迷わなくてすむと安堵したのに、今頃になって周囲が続々と「自分探し」めいたことを始めるものだから、つられてそわそわしてしまう。ここを出てやりたいことも、ここにしがみついてやりたいことも別になかった。それは今に始まった話じゃないのに、自分が空っぽなつまらない人間だと改めて突きつけられた気がする。

胃がしくしくしてきそうな物思いでも、眈っている間に距離を稼げるという利点がある。そういえば、自分の来し方行く末についてじっくり考える機会などついぞなかった。毎日慌ただしく、ルーティンとたまのイレギュラーに対応しているだけであっという間に日、週、月、年と過ぎ、加齢でさらに拍車がかかる。ただ、頭の中で迷いをこねくり回したところで急に第二の人生の展望などひらけてこない。自慢にもならないが、社会人生活三十年で何も見つけられなかったのだから。

やっと甲子園を過ぎた。何の間違いかスポーツ部に配属されて中継担当だった時代に通い詰めた場所だが、今はめっきり足が遠のいた。試合終了後は「反省会」と称して実況の村雲や解説のプロ野球OBと一緒に球場近くの居酒屋で飲むのが恒例で、週に何回も甲子園から東大阪までタクシーで帰り、「お前の給料よりタクシー代が高いやないかっ!」と上司に怒鳴られたものだった。そない言われてもどないせえっちゅうねん、と渋々甲子園近くの賃貸マンションを探しに訪れた不動産屋の事務員が今の妻だから、人の縁とはどこでどう繋がっているかわからない。甲子園周辺もすっかりきれいに生まれ変わり、駅前にはしゃれたタイガースグッズのショップができている一方で阪神パークは閉園してらぽーとに生まれ変わった。

ショルダーバッグがずっしり肩に食い込み、反対側にかけ直す。そろそろ足の裏がだるくなってきた。道のりはまだまだ遠い。街も人も平常と変わりなく見えるが、未だ電車は通らない。手前の久寿川駅で高速道路の下に潜った線路がまた高架の上に伸びている。建ち並ぶ橋脚を見上げ、ここに沿って歩いとったらええだけの人生の何があかんねやろ、といじましく考えてしまう。いや、線路がどこまでも続くとは限らへんから問題なんやな。いきなり道がのうなって地面に大穴が空いとるかもしれへん、えらい時代やで。

上司にどやされはしたが、昔はタクシーチケットも気前よくばらまいてくれた。青天井の残業代で呼び出されることもなかったし、社内には「何の仕事をしているのかよくわからない先輩」が当たり前にいた。昼頃出社してきてさらに喫茶室で二時間ばかり煙草をふかす、あれこそ悠々自適だった。「窓際」の悲哀は特に感じず、周りも疑問を抱いていなかったと思う。自社だけの話じゃなく、社会全体に「まあええか」みたいな適当さを抱え込める余裕があったのだろう。マスコミの仕事は過酷でありながら、のどかさも矛盾せずに存在していた。週休二日、男女雇用機会均等法、働き方改革。世の中を整備するために敷かれたはずのレールで、自分たちは本当によりよい方向へと進んでいるのか――……いや、きっと老害の懐古やな。まだ景気がましやった時代と比べられても、って笑われるのがオチや。

つい卑屈な気持ちがよぎったのは、鳴尾駅に近づき、近くにある武庫川女子大、通称「ムコジョ」の学生と思《おぼ》しき女の子たちとすれ違ったからだ。気づけば二年もまともに口をきいていない娘を連想し、どうしても緊張してしまう。鳴尾の駅も高架化を伴う大規模改修が行われたばかりで、帆かけ船を模したという駅舎やこぎれいな広場にかつての古くさい鳴尾の面影はない。どころか来年には駅名まで「鳴尾・武庫川女子大前」に変わるという。どうせ地元の住民はこれまでどおり「鳴尾」と呼び習わすに違いないが、改めて駅周辺を歩いてみると、さほどの愛着もないはずなのにうっすらと寂しくなった。美しく生まれ変わった鳴尾が、自分を置き去りにしていった気がした。

「阪神間」といえば洒落《しやれ》た富裕層のイメージがあるが、そこからはみ出した何でもない下町の、雑多な生活感が好きだった。通勤の車窓から、昭和を最後にアップデートをやめてしまったような景色を眺めるとほっとした。年老いていく身体が、流されるまま向かう未来など希望ではなく恐怖でしかないと思った。同じ齢《よわい》を重ねた同僚たちが、それでも何かを求め飛び出していくのを目の当たりにするたびその気持ちは強くなった。市岡は今頃どこを歩いているのだろう。

そもそも、熱烈にマスコミを志望していたわけではなかった。受験勉強に励んでそこそこの公立大に入り、就職活動が始まれば「会社四季報」を買って何のこだわりもなく給料を基準に当たった。「型にはまらない生き方」などというフレーズに何の魅力も感じなかった。かといって否定するつもりもなく、「俺には無理そうや」とごく自然にスルーしたに過ぎない。

「バブル」という、今となっては肩身の狭いアホみたいなお祭り騒ぎの時代で、内定には困らなかった。銀行、証券、商社といった手元のカードから「テレビ局」を選んだのは、本当に何となくだった。面接の人事担当者が感じよかったとかその程度の理由だ。ひょっとすると今頃銀行マンの人生もありえた、と考えてみても想像できない。当時内定を蹴った銀行はとうにメガバンクの一部として経営統合され、今は存在しない。

ノンポリもノンポリで、希望といえば群れの中に混じって目立たず波乱なく生きていきたい、それに尽きた。リーダーも異端児も苦労が多そうだし、多様性やオリジナリティがもてはやされるこの二十一世紀に若者じゃなくてよかったとさえ思う。

あまりちんたら歩いていて、大差をつけられたら恥ずかしい。中島は今一度気合を入れ直してペースを上げた。しかし釣竿を背負ったじいさんがちりんちりんと軽やかにベルを鳴らして自転車を漕いでいるのを見た途端、また気がそぞろになってしまう。釣りか、そうや、「鳴尾浜」ていうくらいやから、海が近いんやった。何が釣れるんやろか。左手に阪神本線、右手に阪神高速神戸線というふたつの太い道に挟まれ、迷いようはないが単調でつまらない。せめて海っぺりでも歩けたらちょっとは気分も上がるやろに。

兵庫医科大の建物が見えてくれば、武庫川駅はもうすぐだ。急激に空腹を感じ、さすがに歩き食いはできないので道沿いの公園に寄って立ったままおにぎりを食べた。ベンチに座ってしまうと、却って疲労が押し寄せて立ち上がるのが億劫になる。中身は梅干しで、酸っぱさが全身に染み渡るとしみじみうまかった。持たせてくれた妻に感謝し、格好つけて市岡にひとつ分けたことを軽く後悔した。そしてものを食った途端に喉の渇きをも意識し、武庫川を越えたら飲み物を買おう、と決意する。熱中症予防の観点からいえば今すぐ水分補給するべきなのだが、先を行くお楽しみをひとつでも自分で設定しなければモチベーションを維持できない。つめたい水をがぶがぶ飲む喜びを想像しながら次の駅を目指した。

武庫川駅は、川の上にある。正確には川を跨ぐ橋の上にホームが設置され、対岸はもう西宮市ではなく尼崎市だった。道なりにスロープを上がっていくと、武庫川沿いを走る阪神武庫川線のレールが眼下に見える。橋梁上の駅、という珍しい構造を、普段の通勤で特に気にも留めていなかったが、フェンス一枚で仕切られたホームと並行して川を渡るというのはなかなか新鮮な経験だった。かつてはたびたび氾濫を起こしたという武庫川の水面は薄い泥色に凪いでいる。芝生や松林で整備された遊歩道をのんびり散歩する人影も見えた。中島は立ち止まり、遮るもののない頭上の雲を仰いで深呼吸した。水上を吹き渡る風が汗ばんだ肌をわずかに冷やし、慰めてくれる。

川向こうの尼崎市に辿り着くと、なかなかの達成感だった。とはいえまだ行程の半分も消化できていないだろう。ひとまず、自ら鼻先にぶら下げたにんじん、水を求めて目についた自販機に近づき、電子マネーで支払うためにショルダーバッグからスマホを取り出した時だった。

あっ、と声が出た。指先まで疲れていたのか、手汗で湿っていたせいか、ちっぽけな文明の利器は中島の手のひらから滑り落ち、かつんと硬い音を立ててアスファルトに落下した。慌てて拾い上げると液晶に亀裂が入り、真っ暗に沈黙している。何度か再起動を試みたが光は点らず、うんともすんとも言わない。おい、嘘やろ。かさばるのがいやで、ケースなどは使わず裸で持ち歩いていたが、この程度の衝撃で故障するものなのか。補償ってどないなっとったっけ、買い直しになったら香枝が怒るやろな、いやそれより、会社と連絡が取られへん。

スマホにくっついた細かな砂利がじっとりと手にへばりついてちくちくした。自分の不注意でしかないのだが、何でやねん、と言いたくなる。朝っぱらから老体に鞭打って歩いとるのにこの仕打ち。

身も世もなく打ちひしがれるレベルの不運じゃない。普段なら「あーあ、やってもた」で片付けられるささやかなつまずきが、今の中島には暗く果てのない落とし穴に感じられた。心折れる出来事というのは、傷の大小よりタイミングに左右されるのだろう。中島は特に悲観的な性格ではないと自認しているが、それでもこんなふとした不運に、思ってしまう。

俺の人生、この先ひとつもええことなんかないんやろな、と。

大きな雲が頭上を横切る時に落ちる翳りにも似た不意打ちの絶望は、もちろんすぐに消える。仕事に追われ、飲み食いをし、眠ってしまえばそんな物思いに囚われたことさえ忘れてしまう。けれど、翳りが影になり、闇になり、真っ黒なしみを拭えないまま自分を殺したり他人を殺したりする人生だってあるのだろう。川を渡るように明確な境界はなく、見かけ上は安穏と生きている中島と、テレビで日々報じられる非日常の住人たちは地続きに存在し、白と黒の間には灰色のグラデーションが存在する。「報道」という仰々しい仕事の隅っこにかじりつくうち、中島はそんなふうに思うようになった。

ああもうやる気なくした、全部やめたろか。財布の小銭で水を買い、瞬く間に五百ミリリットルのペットボトルを飲み干す。これが酒ならどんなに痛快だろう。せや、もう連絡取られへんねんから、この足でどっか、朝から開いとる飲み屋探して一杯でも十杯でも引っ掛けたったらええねん。俺ひとりおらんでも仕事は回る。市岡と違って別に必要とされてへんねんから。てきぱき指示を飛ばせるわけでもなく、兵隊として俊敏に動き回れるわけでもない、年だけ一人前に食った中間管理職など組織にとって贅肉に等しい。自覚と矜持《きょうじ》のあるやつらはしがみつかずに自らを切り離す。

引き換え自分は、いたずらに会社をたるませ、だぶつかせている。いつの間にかみっしりベルトに乗っかるようになった腹肉を見下ろしてほとほとみじめな気持ちになった。泥舟からのドロップアウトなど夢想したところで実行に移せるわけもなく、己の小心さを嘆きながら再度自販機に硬貨を数枚投入すると、何がいけないのか一枚の十円玉がそのままちゃりんと吐き出されてきた。何度やっても駄目なので千円札を使うしかなく、百円玉と十円玉だらけの釣り銭が小さな返却口にじゃらじゃら溜まる。自販機まで俺を馬鹿にしとんのか。小銭でぱんぱんに膨らんだ財布は重石みたいにずっしり感じられた。

二本目の水は半分以上残し、首すじや額を冷やしながら歩き始めた。曇り空とはいえ、確実に朝より気温が上昇しているのを感じる。スマホが壊れた旨を連絡しておくべきかと迷ったが、そもそも電話番号がわからない。名刺入れは会社のデスクに入れっぱなし、104にかけて代表番号につないでもらうのは大げさな気がしたし、まだ応対時間じゃないかもしれない。

携帯電話を持つ前は、よくかける番号の五つや六つは頭の中にインプットされていたはずなのに、気づけば全消去され、報道局の番号すら覚えていない。覚えていないことへの危機感も今に至るまで希薄だった。記憶も思考もスマホに外注しているせいなのか、老化による衰えなのか。

——お前に何がわかるんやっ!!

忘れたい出来事はいつまでもこびりつき、脳内に反響し続けているというのに。明里はどうなのだろう。あの日以来、口をきかず目も合わせなくなった娘の中でどんなふうにわだかまっているのか、中島には想像すらできなかった。

尼崎センタープール前駅に辿り着くと、それが競艇場だと知らず「プール連れてって」とねだっていた幼い娘の姿が不意によみがえり一瞬笑みがこぼれたが、甘い思い出から現在に戻った途端に苦味が混じる。あんくらいのままでおってくれてもよかったのに。駅前には大きな「蓬川《よもがわ》温泉」の看板があり、今すぐ服を脱ぎ捨ててだぼんと湯船に浸かれたらどんなに爽快かと性懲りもなく現実逃避に陥ってしまう。スマホが壊れて現在時刻も定かではないが、おそらく家を出てからゆうに一時間以上経っている。せめてこの上歩けたら楽ちゃうんかな、と高架を見上げた。映画みたいに、無人の線路を延々と……いや、却って単調でうんざりするか。ひたすらレールに沿って、枕木を数えて。

道なりに進むときれいに整備された公園に出た。立ち止まって花を愛でる心の余裕はないにせよ、殺風景よりずっといい。ストレッチに励むジャージ姿の年寄りを横目に階段を上った先にはまた川が横たわり、橋には「ことうらばし」とプレートがあった。川幅は二十〜三十メートルといったところか、武庫川ほど大きくないにせよこっちとあっちで何かしら世界が違っているような、そういう境界を感じさせるには十分なスケールだった。大阪は川の街だと言われるが、兵庫だって、というか、そもそも水のあるところに人が集まるのだから当然だった。会社と家の間にいったい何本の川が流れ、海へそそいでいるのか、日々電車で往復していて考えたこともなかった。頑丈な橋がいたるところに架かって行き来はたやすいはずなのに、こうして徒歩で川を越えると、かすかに取り返しのつかない気持ちが起こる。何か大事なものを置いてきて、対岸に渡り切ったが最後、もう二度と取り戻せなくなってしまう気がする。

ペットボトルの水はすぐにぬるまり、冷却剤としての役割を果たさなくなった。汗混じりの水滴が首から背中にかけてをたらたら濡らしていくのがひたすらに不快だった。疲労はつま先から汚泥のように溜まってきて、一歩進むごとに膝のあたりでとぷとぷ揺れている。これが心臓や喉まで到達したらどうなってしまうのだろうか。全身の表皮から分泌される汗を拭っていたハンカチももはや全体がじっとり湿り、濡れたものに濡れたものをなすりつけるだけになってしまっている。コンビニにさっと寄ってタオルでも買えばいいのだろうが、今空調の効いた場所に寄り道すると却って気力を吸い取られてしまいそうだった。

ただ足を前へ前へ、運ぶ。遠くに見えていた信号や建物がいつの間にか目の前にある、次の駅が見えてくる、それしか中島にとっての希望はなかった。会社を目指してこんなに必死で歩いているというのに、出社して何をしようとかしたいとか、いっさい頭になかった。汗水たらして重たい足を動かせば、すくなくとも歩幅のぶんだけ現在の座標から移動している、そのちっぽけな実感だけが中島の背中を押していた。

見上げれば碁盤の目のようなガラスが嵌まった出屋敷の駅舎が淀んだ曇り空を映し出している。これでやっと七つ目の駅。五合目くらいだろうか。次がようやく尼崎、その次が大物《だいもつ》、杭瀬、千船《ちぶね》、姫島、淀川、野田……頭の中で指折り数えて挫けそうになる。まだまだや。駅前には竜宮城風なのか韓国風なのか、とにかく異彩を放つデザインのでかい焼肉屋が目を引いた。肉、肉、ええなあ。肉いうかビールやな。ビールのことしか考えられなくなってきた。

「阪神なぎさ回廊へようこそ！」という立看板の地図を見れば大阪はまだはるか遠くに思える。庄下川《しょうげ》、左門殿川《さもんど》……淀川を越えて大阪市福島区へ到達できるのはいつのことやら。

晴れて自由の身になったら、生中、浴びるように飲んだるからな。糖質もプリン体も知ったことか。せや、ＴＫの佐々《さっさ》ちゃん、ビアガーデン行きたいて言うとった。きょう夜おったら誘ってみよか。前回、スタッフと飲みに行ったのはいつだったたろう。「８３０ｍ　阪神尼崎駅」という標識を通りすぎながら思い起こせば先々週だった、そう昔でもない。香枝が友達と会うとかで出かけていた夜だ。明里とふたりきりは気詰まりだという情けない動機でオンエア終わり「飲みに行かへんか」と適当に声をかけ、ＪＲ環状線福島駅のガード下の店に行った。ビールジョッキを合わせたあと、五年後輩の報道記者がおもむろにこう切り出した。

――いやー、俺、とうとう息子に言われましたよ、「マスゴミ」って。

コイモドリ
時をかける文学恋愛譚

浜口倫太郎

旅館を営む晴渡家の長男でタイムリープ能力をもつ時生は、女性にすぐ恋をするが、毎回うまくいかず……笑って泣ける、新感覚恋愛物語、開幕！

書き下ろし

913円

ウェルカム・ホーム！

丸山正樹

特養老人ホーム「まほろば園」での仕事は毎日が謎解きのようだ。けれど僅《わず》かなヒントから推理して答えに辿り着いた時、新米介護士の康介は仕事が少し好きになり……。声なき声を掬《すく》うあたたかな連作短編集。

869円

さぁ、新しいステージへ！
毎日、ふと思う 帆帆子の日記22

浅見帆帆子

生まれ変わったように自分の視点を変えてみたら、次々願いが形になっていく。息子の成長と周囲で起こる出来事を包み隠さず描いた日記エッセイ。

書き下ろし

825円

寂しい生活

稲垣えみ子

原発事故を機に「節電」を始め、遂には冷蔵庫も手放した。アフロえみ子が、生活を小さくしていく中で便利さ・豊かさについて考え、生きるのに本当に必要なことを取り戻す、冒険の物語。

825円

8月8日（木）発売予定！

- 破れ星、流れた　倉本 聰
- たんぽぽ球場の決戦　越谷オサム
- ［新装版］リオ 警視庁強行犯係・樋口顕　今野 敏
- 怖ガラセ屋サン　澤村伊智
- 霧をはらう（上・下）　雫井脩介
- 考えごとしたい旅 フィンランドとシナモンロール　益田ミリ
- 降格刑事　松嶋智左
- 残照の頂 続・山女日記　湊かなえ

表示の価格はすべて税込価格です。

幻冬舎 〒151-0051 東京都渋谷区千駄ヶ谷4-9-7 Tel.03-5411-6222 Fax.03-5411-6233
幻冬舎ホームページアドレス https://www.gentosha.co.jp/

何と言葉をかけていいのかわからなかった。その場にいる全員、そうだったと思う。軽く目配せし合ってから中島が代表するように「お疲れ」と言った。ＴＫの佐々ちゃんこと、タイムキーパーの佐々結花《ゆか》だけが「えーっ」と抗議の声を上げる。

——ひどいじゃないですか。お子さんていくつなんですか？

——十歳。

いろいろわかってくる年頃やもんなあ、と結花以外のメンバーは嘆息した。スマホとＳＮＳがない生活など考えられない、そういう世代に好かれるほうが難しい仕事だ、と誰もが諦めている節があった。中島の世代がＹｏｕＴｕｂｅｒに眉をひそめてしまうように、中島の子どもの世代はマスコミを毛嫌いするものなのだ——あいつかって。

——しゃあないねん、俺らは、なあ。

——人さまに胸張れるような仕事はしてへんし、ちょいちょい出る同業者の不祥事、とんでもないのもあるからな、無理ないわ。

お通しの枝豆をしがんでいると、さやからこぼれる豆みたいに誰もの口から後ろ向きな言葉が出てきた。テレビや雑誌で気炎を上げる「ジャーナリスト」なるプロフェッショナルなんて、ここにはひとりもいない。

——えーっ、そんなに自虐せんでも。

　結花が庇ってくれるのも、内心では煩わしかった。ええねん、ええねんて。俺らなんか、世間さまにゴミ扱いされても当然のとこあんねんから。

　――だって、どこの会社にも悪い人とか変な人はおるでしょ。マスコミで働いてる人だけが特別におかしいわけやないのに。

　――普通の会社とはちゃうから。

　オーダーは後輩に任せ、中島は飲みかけのジョッキをかざして諭す。

　――たとえば、ビール会社の人間が泥棒すんのとそれを報じる側が泥棒すんのとでは大違いや。いっつも人の粗探しばっかしとる連中が、あかんやろちゅう話や。清廉潔白とまではいかんでも、世の中の法律やルールくらい遵守せんとね。

　もちろん、入社する時にそんな認識などなかった。中島より十歳以上年長のベテランが「俺らの頃は、『テレビ局入るなんて言うたら親に怒られたよ』と述懐していたので、きっと黎明期にはうさんくさく、最盛期にはやりたい放題で、衰退期にある現在は時代遅れのくせに威張っている、そういうイメージなのだ。入る前にわかっていたらどうしただろう？　内定辞退を申し出た際必死に慰留してきたあの証券会社、今や丸の内開発を一手に担っているあの商社に進路変更していたか？

　お造りの盛り合わせが運ばれてきても結花はまだ納得いかないのか、「自分の子どもが旦那にそんなん言うたら鉄拳制裁ですけど」と息巻いていた。

――まさか中島さん言われてませんよね？　娘さんおるて言うてたやないですか。

――まさかって何やねん。

――だって、中島さん絶対ええお父さんでしょ。ザ・善人やから。

褒め言葉ではないんやろな、と思った。

――人間、プライベートではどんな言動かなんてわからんもんやで。

苦笑してその話題を打ち切った。そう、わかるわけがない。中島自身、あの時あんなことを言ってしまうなんて思いもよらなかったし、明里だって同じだろう。生まれて初めて父親に声を荒らげられ、見開いた瞳は水面のようにさざ波立ち、揺れていた。今思い返しても胃がきりっと痛む、けれど後悔なのかどうかわからない。言わんといたらよかった、って思ってるんやろか、俺は。

尼崎に続く道は途中から石畳になり、寺の多い一角に差しかかった。朱塗りの三重塔も見える。「アマ」という土地に猥雑な下町のイメージしか持っていなかった中島には意外な発見で、同時にすぐ近くの街についてちっとも知らなかった己の不明を恥じた。「寺町エリア」というしゃれた立看板もあるから、きっと有名なのだろう。駅前にそびえ立つタワマンさえなければ、京都や奈良のどこかだと言われても信じるかもしれない、閑静な通りだった。

寺の入り口にはおなじみの人生訓みたいなものが掲示され『見てますか　スマホじゃなくてみんなの心』という社会啓発のポスターの隣にこうあった。

『どれだけの人がやりたいこともできずに死んでいくのだろう』

そろそろ現実的に死を意識する年頃でもあるので一瞬どきりと足を止め、しかしすぐにちゃうな、と思った。『どれだけの人がやりたいこともわからずに死んでいくのだろう』やな。やりたいことがあるんとないんと、どっちが幸せなんやろ。特に夢もなく生きてきたから、破れる苦しみも知らずにすんだ。なりゆきでテレビ局に入り、打ち込める対象も見つからなかったけれど、希望の部署に行けない悔しさや去る無念さも味わわずにすんだ。何のスペシャリストにもなれなかったが、どこに回されても対人トラブルを起こさず平均点くらいの働きはできる。そんなふうにして三十年。時代のゆるさに甘えて寝ぼけまなこで生きてきたおっさんや、と自嘲でなく思う。

タワマンと駅の間を通って尼崎駅をスルーし、そのままスロープを上れば、灰色の、大がかりな工事現場の覆いが見えてくる。今年の十一月に完成するという尼崎城の再建天守だ。せや、城下町やったんやから、あの寺町の風情は当たり前なんやな。明治期に廃城となった城の天守を家電量販店の創業者が十二億円もの私財を投じて再建し、尼崎市に寄贈した――というエピソードはニュースで何度も取り上げたから知っている。生きているうちに「やりたいこと」をやったわけだ。会社の同期と違い、スケールが大きすぎて比較対象にはならなかった。金ってあるとこにはあるもんやな、と平凡極まりない感想を抱いただけだ。

……しかし、大丈夫かな。ふと懸念がよぎる。朝の揺れで壊れたりけが人が出たりしてへんとええけど。城、地震、ときて中島が連想したのは、二年前に起こった大きな地震だった。美しく黒光りする瓦をまとった城が痛めつけられた。中島はそれを直に見たわけではないが、映像で何度も目にした。ドローンカメラが剝がれ落ちた屋根瓦に肉迫し、崩落した石垣を映し出すところを。もっとも、レプリカと比べられたらあっちは怒るかもしれない。

「しょうげばし」と銘の入った橋を渡る。川向こうの城址公園と工事中の城がよく見えて、公開されたらいい景観スポットになりそうだった。明里がもっと小さければ「一回行ってみよか」となったかもしれないが、二十歳の女子大生が尼崎城に興味を示すとは思えない。そういえば、最後に家族で出かけたのはいつだろう？　激務で家庭を顧みる余裕もなく――というわけでもなく、参観日や入学式、卒業式といった学校行事にはシフトの都合をつけてもらってちょこちょこ顔を出した。きっちり土日祝しか休めないサラリーマンよりむしろ融通が利いたと思う。娘のほうでも、極端に父親を毛嫌いする時期もなく「親離れ」の範疇ですこしずつ遠ざかっていった。何となくお互いに適切な距離だろうな、という関係に落ち着いてきた矢先じゃなかったか、あの諍《いさか》いが起こったのは。

汗が目に入り、しみた。立ち止まり、同じく汗まみれの指で拭っていると、突然足元でごうんと大きな音がして視界がぶれる。

きた、と思った。地震や。

中島の脳は、一瞬のうちに二年間を巻き戻す。


おととしの六月、熊本にいた。四月の熊本地震の発生直後から現場に詰めていた先発隊とGW明けに交代し、ビジネスホテルを拠点に一ヵ月間あちこち回った。土地鑑もない遠方での長期取材は久々で、肉体的にも精神的にもきつかった。毎日毎日、何かネタはないかとアンテナを立て、自らも余震にぴりぴりしながらほうぼう訊き回って素材と原稿をとにかく送る。オンエアされるかされないかは考えたって仕方ない、とにかく目の前で起こっていることを映して切り取る——そんなめまぐるしい日々だった。まだ混乱していた時期に報道車両がガソリンスタンドの大行列に割り込んだとか弁当を買い占めたといった批判も出ていたので、とにかく現地で迷惑にならないよう細心の注意を払った。被害の大きかった益城町《ましきまち》あたりはもう取材され尽くしていた感があり、震源から遠くへ遠くへと足を延ばしてわかったのはあまりにも広範な地震の爪痕だった。いきなりどんっと突き上げ、崩し、なぎ倒し、呑み込んでしまう。その唐突で強大であっけない暴力の前に立ち尽くす他ない人たちを何度も見た。

どうにかお役目を果たし、くたくたになって帰宅し、久しぶりに一家で食卓を囲んだ晩のことだった。食べながら船を漕ぎそうなほど疲労困憊していた中島は娘のひと言で冷水をぶっかけられたように覚醒した。

——取材のヘリの音がうるさくて捜索活動が難航したって、ツイッターで怒ってる人おったで。パパ、あかんやん。

心臓が凍りついた。その一瞬後には煮えたぎり、爆《は》ぜた。

——お前に何がわかるんやっ!!

箸をテーブルに叩きつけ、立ち上がっていた。

——どこの捜索活動が具体的にどんだけ邪魔されて、誰が迷惑をこうむったんや？　そいつはどういう立場で、どういう根拠を持ってぬかしとるんや。何がツイッターや、情報のウラ取る苦労も知らんと無責任なデマ言いっぱなしにしやがって！

お父さん、と香枝になだめられた時はもう遅かった。みるみる目を瞠り、何か大きな裏切りに直面したような表情を見せた娘はすぐに顔を背け、席を立って部屋に逃げ込んだ。明里、と声はかけたものの深追いを避けた妻がふうっとため息をつく。

──怒鳴らんでも……。

中島は黙って白飯をかっ込んだ。そうだ、怒鳴らなくてもよかった。明里は、いつもみたいに「まいったなあ」とおっとりした反応を待っていたんだろうに。反論するにしたって、冷静に話せばよかっただけの話だ。でも中島はどうしても我慢ができなかった。

ひどいやないか、と思った。悔しく、情けなかった。それが仕事、めしの種、と言ってしまえば身も蓋もないが、中島は取材クルーと毎日毎晩膝を突き合わせて考えてきた。何を伝えればいいのか、どうすれば熊本の人たちの力になれるのか。当事者の人生に鮮度もヘッタクレもないのに、発生から時間が経つほどネタとしての「引き」は落ちていく。ましてやこんな情報にあふれた時代だ。視聴者に熊本を忘れずにいてもらうため、思い出してもらうために何ができるのか。取材で出会った被災者は「よく来てくれた」と諸手を挙げて歓迎してくれた。みんな、被害の大きいところばかり紹介する、まだ足りないものがたくさんある、困っていることを全国に伝えてくれ……たまたま運がよかっただけだとしても、中島のもとに届いた「現地の声」はそうだった。それなりに関係を深め、半年、一年のスパンで取材させてもらえることになった相手もいる。こういう縁を結べるのが現場で汗をかく意義だと、久しぶりの手応えを感じた。

そんな一ヵ月を、たったのひと言でひっくり返された気がした。

膝の裏を突かれたようにかくんと力が抜け、中島は橋のたもと付近でくずおれてしまった。その脇を、大きな荷台つきのトラックが走り抜けていく。

「うわ、びっくりしたなあ」

「また地震か思たわ、橋揺れただけやな」

「いやいや、まだ本チャンがきてへん可能性あんねんで。ほら、熊本の時せやったやろ、油断しとったら本震が……おい、兄ちゃん大丈夫か」

反対側を通行していたじいさんがふたり、中島の側に寄ってきた。

「あ、はい、すんません、びっくりしてもうて」

橋の上を大型車両が通り過ぎただけなのに、考えごとの最中で不意をつかれた。恥ずかしい、と急いで立ち上がろうとするもよろけてしまう。めまいがする。自分の体重を支えるというのはこんな苦行だったのか。

「おい、具合悪いんか」

「兄ちゃん、汗びっしょりやないか」

兄ちゃんなどと呼ばれる年代はとうに過ぎたが、たぶん十代から六十代あたりにまで幅広く「兄ちゃん」「姉ちゃん」を適用しているのだろう。ちょっとウォーキングしてまして、などと詳細を語る気力もなく「大丈夫ですから」を繰り返し、足早にその場を離れたかったのだが、どうしてもペースが上がらない。欄干に寄りかかりふうふうと息をつく。完全にガス欠だ。じいさんたちは「ちょっとそこへ座んなはれや」と中島の肩に手を添えて城址公園のベンチまで誘導してくれた。ふたりともごま塩頭だが元気そうで、釣り人のようなポケットの多いチョッキを着ていた。ああ、俺の思う尼崎《アマ》や、とほっとする。昼間からそのへんをうろうろしていて、家族構成は謎、金持ちには見えないが困窮しているふうでもない……大阪やここらの下町でよく見かけるタイプのご老人だった。

「兄ちゃん、さっき泣いとったやろ」

「え、いえ」

汗が目に入っただけで、と説明しようとしたらもうひとりが「そんなん言うたりな」とたしなめた。ちゃうて。

「誰かていろいろあるがな、なあ。ここで休憩してまた頑張りや、身体さえ健康なら何とでもなるんやで。とにかくちょっと休み」

そう言って八個くらいあるポケットをぱたぱた探ったかと思うと、飴の小袋をひとつ取り出して中島に握らせた。

「ほなな、あかんかったら無理せんと病院行きや」と言い残し、連れ立ってどこかへ向かう。

「しかし、健康がいっちゃんむつかしいで。俺の血圧教えたろか？」

「いらん、煙草がまずなる」

「パチンコ行こや」「今金ないねんわ」とやりとりする彼らの背中は「駄菓子屋行こや」とはしゃぐ小学生とさして変わらなく見えた。

　中島は問いかけたくなる。やりたいことはありましたか、それは叶いましたか、これからやりたいことはありますか。きっと「何言うとんのや兄ちゃん」と笑い飛ばされるだけだろう――そんなたいそうなもんなくてもな、身体さえ健康なら何とでもなるんやで、と。中島は飴の封を開ける。この暑さですこしべとついていたが溶けていないのに感心した。昔の飴はもっと品質が悪く、すぐガムみたいにぐにゃっとゆるんだものだったが。のんきに飴舐めとる場合か、ともちろん思ったが、人生の先輩からのアドバイスもあったし、すこし休まないと本当に行き倒れるかもしれない。黄色い星形の飴は、レモン味だった。まろやかな五つの角を舌先で探る。

　負荷からひとりとき解放された足の裏はじわじわと痛みを放散している。飴の糖分が口の中に広がると全身の細胞が歓喜するのがわかった。カロリーとはエネルギーで甘みとは快楽なのだと、理屈抜きに実感する。ほっとした。疲労や焦りややりきれなさも一緒にちいさくなってくれるような一瞬の安堵が中島の心に空隙《くうげき》をつくり、今度こそ本当に泣きたい気持ちになった。ぐっと奥歯に力を込め、空を仰ぐ。坂本九《さかもときゅう》か俺は、何を泣くことがあんねん。中年男が歩き疲れてへばって通りすがりのじいちゃんらに親切にされて涙する、意味わからへんわ。

かろかろと飴を転がし目を閉じた。雲越し、まぶた越しの、六月の光。熊本の六月は、どんな明るさやったっけ。気温は、空気の匂いは。記憶のところどころはいやになるほど鮮明なのに、思い出せない。

中島には負い目があった。阪神淡路大震災の時、東京支社のラジオ営業にいて何もできなかったことだ。お呼びもかからず、手をこまねいているうちに東京では地下鉄サリンというやはり未曽有《みぞう》の大事件が起こり、関西の地震の情報はみるみる尻すぼみになっていった。世間話で「震災の時何してた？」と訊かれて「仕事で東京に」と答える時、いつも後ろめたかった。在阪の放送局にいながら阪神淡路大震災の恐怖を体験もせず、のうのうとやり過ごしてしまった、とんでもないズルを働いたような申し訳なさが消えなかった。誰が責めるわけでもなかったし、打ち明けたとしても「しゃあないやん」で済まされる話だろう。だからこそ口にしないまま、罪悪感を胸の内側にぶら下げ続けた。知られたくない、わかってもらいたくない痛みだってある。

東日本大震災の時も出張要請はかからず、熊本に行ってくれと言われた時はやっとかと思った。勝手に背負い込んだ一九九五年の負債を返せるわけでもなかったが、利息ぶんくらいは気楽になっていいんじゃないかと思った。

そんな父親の胸中など知る由もない娘が軽口を叩いたくらいで激昂するのはお門違いだと、頭では理解していてもすんなり謝れず、日にちが経つうちにどんどん関係修復のきっかけを失って冷戦状態のまま丸二年が経つ。第三者、すなわち妻による調停に期待したが香枝は「コミュニケーションなんか自分で取りなはれ」と取り合ってくれない。

中島は想像する。

もし、けさの地震がもっともっと激しかったら、死んでまうようなもんやったら、明里に謝られへんかった心残りを抱いて俺は息絶えとったんやろか。

やりたいこともできずに死んでいく。それは何も人生における大掛かりな夢や目標だけではなくて、たとえば飲みたかったビール、セールを待っていた服や靴、そのうち見ようとHDDに溜めていたドラマの続き、誰かに伝えるはずだった、特別でもない言葉。絶望と同じく、他人が大小を決めるべきじゃないひとりひとりの希望。ちいさな舟の積み荷。あるじを失った舟は叶わぬ願いだけを載せてどこへ流れていくのだろう。

遠く、羽音のような響きが降ってくる。

中島は思わず口の中で縮んだ飴を噛み割って目を開いた。灰一色だったまなうらの景色とさほど変わらない空に、ぽつんとヘリの機影が見えた。どこの社かまではわからないが、きっと報道のヘリだ。

おるんやな。立ち上がった。大きく両手を振りたかった。そこからしか見えないもの、拾えないものを探して目を凝らしているだろうお仲間に。邪魔者のそしりを受けたヘリの音が中島の気力をよみがえらせてくれる。

雲間からこぼれた陽射しを反射してテイルローターがちかっと光った。中島しか見ていなかったかもしれない、一瞬の輝き。道標にするには儚い、昼間の星。

おーい、頑張れよ、いろいろ言われるかもしらんけど、身体さえ健康やったら何とでもなるらしいで。俺ももうちょっと頑張るわな。

よっしゃ、と両手で膝を叩き、さっきまでより大きな歩幅で踏み出した。どうして行くのか、なんて考えるまでもない。会社には仕事があり、みんなが働いているからだ。あすはどうあれ、今この瞬間は泥舟の上で必死にしがみついているからだ。ご立派な「ジャーナリスト」なんていない、マスゴミと罵られれば言い返せずへらへら笑うしかない連中にも、中島と同じような言えない後悔や痛みが必ずある。他人の後悔や痛みを目の当たりにする仕事だから。泥舟からおさらばしていく者の中にも、それは確かに降り積もっている。

身を寄せ合う、傷を舐め合う、そんなのは気持ち悪い。人さまの不幸でめしを食っている分際で嘆いている場合じゃない。ただ波に揉まれ、しぶきを浴びながら無様にそれぞれのオールで漕ぐしかない。

飴はすっかり溶けきってしまった。でも甘酸っぱい星の余韻が、まだ中島に力をくれる。

大物を過ぎ、大きな公園の横を通って杭瀬に着き、過ぎ、左門殿川を渡って「西淀川区佃三丁目」の街区表示板を見た時は万歳しそうになった。大阪市内や、とうとう大阪や。左門殿川と中島川に挟まれた島になっている佃を縦断し、千船駅を過ぎると阪神高速3号神戸線が線路とべったり併走してくる。歩けども歩けども街は呆れるほど平常どおりで、俺はいったい何で歩いてんねやろ、と現実を見失いそうになるとまたヘリのモーター音に吊られて背筋が伸びる。

ああ、たぶん十三大橋撮ってるんやろな。大渋滞しとんねやろ。混むってわかっとっても車乗る用事あんねんなあ、こんな日までどっか行かなあかん人間ばっかりで、ほんま世知辛い世の中や。

武庫川の何倍も太い淀川が目の前に現れると、勝手に頬が緩んだ。電車ならたたんたたんと揺られてものの数秒の距離をのろのろと歩きながら。時に居眠りをし、時に酔っ払い、時に鬱憤や不安を抱えて、これまで何回淀川を渡っただろう。あと何回渡るだろう。体力は限りなく限界に近いのに、一歩、また一歩と福島区に近づくにつれ、ふしぎと身体が軽くなっていく気がした。


幸い、会社のエレベーターはちゃんと稼働していた。ロビーの時計は十二時過ぎを指している。小休止を挟みつつたったの四時間足らず、それでも中島にとっては長く過酷な道のりだった。ワイシャツの汗染みを乾かす間もなく報道フロアに行くと夕方ニュースのスタッフが目敏く中島を見つけ「あっ！」と指を差す。

「中島さん何しとったんですか！　ずっとLINE既読つかへんかったんですけど」

「いや、実は……」

髪の毛がすっかりぺったんこになった頭をかいていると今度は市岡が近づいてきた。

「おっ、中島、今来たん？　しんどかったやろ」

やけに涼しい顔をしている。扇子でひらひら中島を扇ぐ余裕ぶりに疑問が湧いた。

「お前、いつ着いてん」

「え、十時前かな」

愕然とした。二時間以上差をつけられている。そんなはずはない。

「ひょっとして、結局タクシー乗ったんか？」

熟練ドライバーが空いている下道でも駆使してくれたのかと思いきや、市岡の答えは「自転車」だった。

「たまたま自転車屋見つけて、まだ開店前やったけど中に人おったから開けてもろて、やっすいママチャリ買うたわ。久しぶりのサイクリングもええもんやね」

自転車て。市岡の爽やかな笑顔にもはや腹を立てる元気もなく、中島は甲子園を完投して負けたピッチャーよろしくその場に両手両膝をついた。今度こそ本当に力が抜けた。どうしてそんな簡単な方法を思いつかなかったのか。これが最適な手段をぱっと取れる同期と自分の能力差というものだろう。童話のうさぎと亀のようにはいかない。機敏なうさぎは、もし昼寝をしたってそのぶんのロスをちゃんと巻き返せるのだ。

「おーい中島、大丈夫？」

「ちょっと中島さん、そこおったら邪魔！　あっちのソファで倒れてください。市岡さんも遊んでる場合じゃないですよ」

「へいへい」

市岡の送る微風が、三十年前よりだいぶ寂しくなったつむじにしみた。

地震は大阪の北部に家屋損壊などの被害をもたらしたが、社会インフラはあすには元どおりになりそうだった。夕方ニュースと深夜ニュースのオンエア業務を終えてソファで伸びていると、市岡が隣にやってくる。

「きょうはほんまにお疲れさん——ビール飲むか？」

「ええんか」

「ええやろ」

と、報道局次長が言うからにはいいのだろう。冷蔵庫から缶ビールを二本取り出し、ささやかに乾杯した。昼間あんなにも切望したビールだが、今はエアコンが効いているし水分も足りているのでさほど感激しなかった。勝手なものだ。それでも反射的に「ぷはっ」と息をついて喉越しを味わっていると市岡が静かに切り出す。

「会社、辞めようと思ってる」

とっさに口をついて出た言葉は「お前もか」だった。どいつもこいつも軽やかに旅立ちやがって。

「うん、社内の人間にはまだ話してへんけど、中島にだけは言うときたくて」

ほとんど口をつけていないビールを両手で持ち、らしくもなく神妙な面持ちだった。

「辞めて何するんか、訊いてもええか」

「大学入り直して、法学の勉強をしたいんや」

「会社行きながらでも大学で学ぶことはできるやろ？」

「それやと足りへん。もっとみっちり、寝る間もないほど追いまくられたいねん。俺、現役時代に志望の学部に落ちてな、浪人は金銭的に無理で諦めたけど、諦めたまんまで一生が終わるんはいややって思った」

市岡の、やりたいこと。

「で、もっぺん大学入って、卒業した後は？」

「わからん。でも漠然と人のため、社会のためになることがしたいなとは思う」

面白味のない優等生然としたビジョンの裏には市岡の、市岡だけが知る痛みがあるのだと思った。中島の目にずっと「できる同期」だった男は、三十年報道の仕事をして、人にも社会にも何ら貢献できなかったと感じている。

「ええ役職いただいたものの、視聴率上げるっちゅう至上命題はよう果たせんかったたし、まあ、半分は逃げ出すんやけど。……子どもに恵まれへんかったからこそ、こんな勝手もできるんやなって思うよ」

「そうか」

中島は頷いた。頷きはしたがやるせなさを完全に呑み下すことはできず「泥舟に残るん、俺ひとりになるんちゃうやろな」と冗談めかして弱音を吐いた。

お前はおってくれよ、と市岡が言う。

「中島みたいなやつがおってくれんと、ほんまに沈没する」

「何やそれ。お世辞通り越していやみやぞ」

自分の身の程くらい知っている。抗議しても市岡は「ほんまの話や」と主張を変えなかった。

「お前はずっと変わらず、当たり前みたいにええやつやったやろ。のんびり屋かもしらんけど、人を出し抜いて結果出そうとしたり、手ぇ抜いて楽しようとしたり、そういうずるさと無縁やったやないか。ふたつしかないおにぎりをさっと半分差し出せるやないか。こんなどろどろした業界で、すごいことやで。今まで言うたことないけど、俺はお前の真っ当さに何度となく助けられたし、こっそり自分を恥じた。どんな組織にも、お前みたいな人間が絶対に必要なんや。せやから、中島が逃げ出すような舟ならいよいよおしまいや」

アホ、と返す声がふるえてしまいそうだったので語気を強めた。

「おにぎりに関してはすぐ後悔したわ」

「ほら、そうやって正直に言う」

「まだしばらくはおるんやろ、きょうで辞めるようなコメントすな」

「いや、まあ、ええ機会かなて。地震のおかげ――なんて思ったらあかんけど、天変地異でも起こらんと恥ずかしいてよう言わん」

なので、中島も一瞬恥を捨てることにして、心から「ありがとう」と言った。

「頑張れよ、身体さえ健康なら何とでもなるからな」

「説得力のあるお言葉やな」

「アマ仕込みや」

ブラインドを上げたままの窓の外には見慣れた堂島川があり、遊歩道の街灯が流れに沿って規則正しく光っている。まだ明かりのついたオフィスビルやマンション。電気が通って街が明るいこと、そこに人がいること、何ひとつ中島のためではないが、ありがたいと思う。誰かの暮らしが、真っ暗な川面に蛍のような光を落とす。あれもきっと、舟や。何て頼りない。何て頼もしい。

中島はもう一度缶を掲げ、さっきよりもそっと乾杯した。


次の日の夕方ニュースまでこき使われてようやく家に帰り、ひと晩、さなぎのように眠った。翌朝、全身の筋肉痛に呻きながら起き出すと、洗面所で明里と遭遇した。動揺でしかめっ面がさらに歪む。

「……おはよう」

無視されるやろなと思いつつおそるおそる口を開く、と。

「おはよう」

丸二年、石のごとき沈黙を貫いてきた娘からのぶっきらぼうな挨拶で一気に目が覚める。幻聴か、とゆるくかぶりを振る中島の横をすり抜ける時にも、明里は小声で「行ってきます」と告げた。

「ああ、行ってらっしゃい」

どうにか平静を装って返し、明里が家を出てからばたばたと香枝に駆け寄った。

「何やの、今から卵焼くから」

「めしはええねん、明里や、あいつどないしてん」

「よかったねえ」

妻はにやにやしている。

「おととい、いつまでも寝てるから叩き起こして言うたってん。『あんたがぐうたらしてる間にも、お父さん歩いて会社行っててんねんで』って」

たわ」

「大阪まで？　って訊くから、当たり前でしょって。そんだけやけど、何ぞ思うところあったんやろね、きょうはボランティアの申し込みに行ってくるんやて。何やいろいろ調べとっ

そういえば、いつも大学にはスカートを穿いて行くのに、きょうはTシャツとジーンズ姿で、髪も巻かずに引っ詰めただけだった。

「二年経って、明里もツイッター眺めるばっかの頭でっかちからちょっとは大人になったいうことやね。ええ機会や」

「……そうか」

お前に何がわかるんやと怒鳴った父親の怒りを、明里なりに受け止めようとしてくれているのかもしれない。自分が老いるぶんだけ、子どもは成長している。右肩下がりと右肩上がり、その反比例をきょうほど嬉しく感じたことはない。

「何をしれっとしてんの、照れてんともっと喜ばんと」

「下行って新聞取ってくる」

「逃げよるわ」

玄関先で振り返り、香枝に「ありがとうな」と声をかけた。きょうは天変地異が起こって

いないので、ある程度の距離がないと、とても素面《しらふ》では言えない。

「聞こえへんなあ」

フライパンに卵を落としながら妻はとぼける。

「え？　指輪買うたる？」

「言うてへんわい」

寝巻きのスウェットのまま、真新しいスマホだけ持って外に出る。エレベーターを待つ間、勇気を出して明里にLINEしてみた。

『ボランティア行くんやて？　取材したろか』

一階に下り、郵便受けの新聞を回収してリビングに戻ると返信があった。炭酸が喉を遡ってくるような緊張とともに、アプリを開く。

『うっさい、マスゴミ』

ああ、とうとう俺も「マスゴミ」の洗礼を食らったな。きょう、会社で言うたろ。マスゴミって言われてもうたわ、って。

たぶんみんな、訊くだろう。

中島さん、何で笑ってるんですか、と。

〈秋〉嵐のランデブー

目の中に、ほくろがある。右の目尻近く、油性ペンのにじみみたいにいびつな点が。

——あの、すいません。

番組の忘年会で、隣に座った由朗《よしろう》がこそっと声をかけてきた。それがファーストコンタクトだった。いろんな人とコミュニケーションできるようにとくじ引きで座席を決められていたので、その時の結花は木南《きなみ》由朗について何も知らなかった。ウェザーセンターで見かける人、というだけの認識だった。

——はい。

——目にごみ入ってますけど、大丈夫ですか。

手で口元を隠しながら、とても重大な秘密を打ち明けるように声をひそめる。居酒屋の喧騒の中で、その息の気配がやけにはっきりと耳や皮膚に届いた。

——あ、ほくろです。

——えっ。

——ほくろなんですよ、これ、びっくりするでしょ。

結花がそう答えると、由朗はたちまちうつむいて寝違えた人みたいに手でうなじを押さえる。

——……失礼しました。

さっきよりさらに音を絞った、消え入りそうな謝罪。ごめんなさいでもすいませんでもなく、妙に堅苦しい。勘違いした自分への羞恥でいたたまれなくなっているようだった。ちょっと赤くなった耳たぶや、そう高くない背丈とアンバランスに長い首のラインをかわいいなと思ったのが第一印象。だからやさしく「気にせんといてください」とフォローした。

——子どもの頃は「お前鉛筆の芯埋まっとるやんけ」ってよう言われました。

すると由朗の肩が一瞬くっと揺れた。ツボに入ったけれど笑ってはいけない、とこらえているらしく、下を向いたまま唇をきゅっと結んでいた。あ、かわいい、と上がりそうで上がらない口角を見てまた思う。

——ぼくは、一瞬、月と金星みたいやなって思いました。

——え？

ぱちっと瞬いた後には由朗の人差し指がすぐ目の前にあった。

——黒目が月で、ほくろが金星。先週、そんな感じに接近してたんですよ。細い三日月やったんでビジュアルは全然違うんですけど。

——黒目が三日月やったら大変ですもんね。

ですね、と今度こそ由朗の口元が綻《ほころ》んだ。

——お天気コーナーで紹介してたの、覚えてないですか。夕方から夜にかけて、きれいでした。

——ちょっとわかんないです。シフトに入ってへん日やったかも。

入っていた日だったかもしれない、でも結花は由朗の下唇が描く三日月に目を奪われ、冷静に記憶を辿れなくなっていた。

——わたしも見てみたい、生きてるうちにまた見れますか？

皆既日食みたいに珍しい天体ショーなのかと思ったら全然違った。

——わりとひんぱんに見られますよ。次は来年一月の十四日やったと思います。

——要するに来月ですね。

——そうです。

妙なところにあるほくろが好きじゃなかった。自分でも鏡を見ながらついつい擦ってしまう時があるし、何より目立つ。カラコンでも隠せず、美容外科に行ってレーザーで消すのは場所が場所だけに怖い。

でもその夜、結花は初めて自分のほくろに感謝した。ラッキー、と思った。由朗も同じ気持ちなんじゃないかと期待した。話しかける口実ができてラッキー、と思ってやしないかと。だって星の話なんかしてきて、「きれいでした」とか、めっちゃフラグじゃない?。

化粧直しにトイレに立ち、鏡の前で自分のほくろに祈った。さっきの子と仲よくなれますように。


リビングのソファでうたた寝から覚める。頭上では無印良品で買ったまん丸いペンダントライトが生成りの淡い光を点していて、月を間近に見上げるような目覚めが結花のお気に入りだった。何より由朗が選んだものだから、由朗と暮らしているという実感が視界にあるのが嬉しい。

「起きた?」

脱衣所から出てきた由朗が、ソファに横たわった結花を覗き込む。二メートル先の月がいびつに欠ける。

「うん」

「何回言うてもそこで寝るよな、ベッド行ったらええのに」

「夢見てたわ」

「人の話聞いてる？」

「何の夢か訊いて」

「いやや、夢の話なんか絶対おもんないから」

「訊いてってば」

しつこく食い下がると、由朗はおざなりに「何の夢」と口にした。

「木南くんと初めてしゃべった時の夢」

「ほら、しょーもな」

「覚えてる？」

「佐々の紛らわしいほくろ」

「それを言うなら木南くんの紛らわしいトークやろ」

「何が」

「わたしに気ぃあるんかなって思った」

「めっちゃ自信家やな」

ため息が降ってくる。何でよ、と届かないのは承知で拳を振り上げた。

「初対面で星の話なんか振られたら、普通は口説かれてるって思うねん」

そんなん知らん。由朗はすげなく一蹴した。

「ぼくには『普通』なんかわからへんから」

「はい出た」

「何やねん」

「ゲイやからって繊細ぶってる。『自分、普通と違うんで』ってこっちに気ぃ遣わそうとするやろ」

「ちゃうわ」

宙に突き出したままのパンチを、蠅のようにぺちんと叩き落とされた。

「そもそも、全然気ぃ遣ってへんやん」

「確かに。……傷ついた？」

「いや別に。あした朝番組入ってるんやろ、はよ風呂入って自分のベッドで寝ろ」

「木南くんは？」

「夕方」

足を上げて反動をつけ、勢いよく起き上がった途端一気に血が下がって背もたれに寄りかかる。

「どないした、具合悪いんか」

「ただの起きくらみ」

「ゆっくり動けよ」

由朗の声から、たちまち心配そうな色が消える。でも扉につま先をぶつけたり、紙で指を切ったり、暮らしの中で「いたっ」と声を上げるたび由朗は律儀に「どうした」と気にかけてくれる。めまいに耐えつつローテーブルに目をやると、寝入る直前に飲んでいたビールの空き缶は影もかたちもなく、代わりに結花宛の郵便物がいくつか置いてあった。化粧品メーカーからのDMと、きのう注文したばかりのDVD。便利な時代、とつぶやいてみる。由朗はもう自分の部屋に引っ込んでいて返事はなかった。


モニターが縦横にずらりと並ぶ副調整室《サブ》に響く自分の声は結構好きだった。

「CM明け、十《とお》秒前」

由朗が聞けば「自分で言うな」と呆れるに違いないが、凛としてかっこいいと思っている。何より、ここにいる約二十人のスタッフも、インカムでつながっているスタジオのスタッフも、結花の声に聞き入っていると思うと気持ちがいい。

「きゅう、はち、なな、ろく、五秒前、よん、さん、にー、いち、スタジオです」

「MCワンショットで、ひと言振ったらすぐV走るぞ。V尺は？」

「三分二十四、明けてスタジオ尺は五分想定です」

特に使える資格も持っていなければ秘めた才能も見つけられないだろう、と自認している独身女性にこっそりおすすめしたい職業は、テレビ局のタイムキーパーだったりする。なぜなら、結花自身がそうだったから。新卒で中堅メーカーの事務職に就けたものの、上司のセクハラに遭い一ヵ月で自己都合退職、悠長に転職活動する余裕はなかったのでとりあえず派遣会社に登録したところ、夕方に帯でやっている報道情報番組のADとして送り込まれた。業界というのは、その方面への特別な意欲がある人だけが行くところだと思っていたので意外だった。

番組の構成表や原稿やCGのプリントアウトをあちこちに配ったり、スタジオで見よう見まねで尺を出したり、そう難しい仕事ではなかった。演者のトークが予定時間を大幅に過ぎた時には、本当に手を上げてぐるぐる回す「巻き」のジェスチャーもした。テレビで見たADまんまやなと楽しくなって張り切ったら「どんだけ巻き出すねん」と生放送中にもかかわらずコメンテーターに怒鳴られた失敗も今や笑い話にできる。給料は安くとも、ロケで外に出たらごはんをおごってもらえたし、社員食堂は割安だし、コーヒーやお菓子はスタッフルームに常備してあったしでやりくりはどうにかなる。年がら年中Tシャツにデニムで、フルメイクやストッキングと無縁になれたのも嬉しかった。

そうして三年経った頃、ベテランTKのまりえから「結花ちゃん、TKの修業してみいひん？」とスカウトされた。

——娘も大学出たし、あたし、そろそろ引退したいねんけど、後任ちゃんと育ててくれって言われてん。派遣会社には番組から話通してもらうから。

——何でわたしなんですか？

——あんた結構図太いやろ。怒られてもしれっとしてるし。あんま神経細い子には向いてへんからね。

その見立てはともかく、専門職なのにそんな軽いノリでいいのかと驚いた。

——わたしにできます？

——足し算と引き算ができたら大丈夫や。ストップウォッチあるんやし。

そんな簡単ではないやろ、と思ったが、駄目ならまたADに戻るだけの話なので、乗ってみることにした。

実際、まりえが請け合ったほど気楽な仕事ではなかった。ストップウォッチを三つ用意して、番組入りからの尺、コーナー入りからの尺、今流れているVTRの尺、CMまでの尺……一分読み間違えればオンエアに大きく影響するし、提供の告知タイミングなどはスポンサーも絡むのでミスは許されない。まりえについて三ヵ月、まりえについてもらって三ヵ月、初めて自分で時間を読み上げた時には声がふるえた。研修中の半年で一生ぶんの冷や汗をかいたと思う。

それでもどうにかひとり立ちして、まりえが退職するタイミングで派遣会社を辞め、フリーランスのＴＫになった。フリーという立場の不安定さはすぐに感じなくなった。平日は早朝の情報番組か夕方の報道情報番組（シフトによっては両方かけもち）、たまにゴルフ中継なんかの単発仕事も受けてそれなりに忙しく、忙しいぶんだけ収入はよかった。ボーナスはないが手取りで平均二十七万ちょっと、収入には満足している。つらいのは、機材だらけの副調整室がいつも二十度以下に保たれていて冷え性にこたえることくらいだろうか。

玉川の家賃十四万円のマンションで由朗と暮らし、特に不自由も不足もない。この先の人生もこんな感じでゆるくやっていけたらええな、とぼんやり思っている。

たったひとつ問題があるとすれば、どうあがいても由朗が手に入らないことだった。

「結花ちゃん、最近どう？」

茶屋町のカフェバーで落ち合ったまりえがそう尋ねた。

「んー、特に変わらずですね、夕方ニュースにおる晴一《はるいち》さん覚えてはります？　彼女できて浮かれてます」

「晴一って堤《つつみ》のこと？　あんなどんくさいやつにも彼女できんねんな」

「楽ですけどね、晴一さん。しゃべりやすくてぎらぎらしてへんし」

「結花ちゃん、草食系好きやもんね」

「別にそんなことはないですけど」

「だって、手も握ってけえへん男と暮らしてるんやろ」

「ああ……」

パスタをフォークに絡め取りながらさりげなく視線を逸らす。

「それはまあでも、向こうの好みもありますし」

「結花ちゃんから告ってみたりした？」

「そんなんしたらルームシェア解消されますよ。友達の距離感やから暮らせてるわけで」

「最近の若い子は謎やね」

まりえはスプマンテを飲み、グラスについた口紅を紙ナプキンで拭う。

「普通、据え膳なんか喜んでいただくもんやろ」

普通じゃないんですよねえ、と心の中だけで答えた。木南くんも、わたしも。

「結花ちゃん大丈夫？　うまいこと使われてへん？」

「家賃も生活費も完全折半で、利用されてる面はないです」

むしろ、結花こそ洗濯乾燥機の中に乾いた衣類を放置していたり、ごみの分別が甘かったりで、由朗のストレスのほうが大きそうだった。

「彼、好きな人もいてますし。片思いですけど」

二杯のワインで口がなめらかになりすぎ、そう漏らしてしまった。

「それで何であんたと暮らすんよ」

「うーん、性格は全然合わへんけど、一緒におると楽なんですよお互い。あとはまあやっぱ、ひとりって寂しいじゃないですか。わたしも結婚願望ないし、今の生活が快適です。星に願ったとおりになりました」

「何よそれ」

「あの子と仲よくなれますように、ってお願いしたんです。ほんまに仲よくなれて、とんとん拍子にルームシェアしよかってなって、でもそれ以上は無理でした」

「夢のある話かない話かわかれへんわ」

まりえが赤い唇を尖らせる。

「そんなふんわりしたお願いせんと、あの子と一発やれますように！　とかにしとけばよかったやん」

あけすけなアドバイスに思わず笑ったが、ここが少々お高めのしっとり系カフェバーであることを思い出し慌てて口をつぐんだ。

「まりえさん、自重してください」

「何や、あんたも草食なん？　好きな男と一緒に暮らしとってむらむらせえへんの？」

へへ、と半端に笑ってごまかす。ほくろの星は願いを叶えてくれた。一発やるには、由朗の性的指向を曲げるか変えるかしてもらわなければならない、そこまでのご利益は望めないだろう。

でも、もしそれが叶うんやったら、願うやろか。デザートに頼んだカシスのソルベは一瞬で溶け、自問への答えも見つからなくなってしまった。銀色の匙《さじ》が舌をつめたく痺れさせる。

朝の天気予報で「きょうは立秋です」と言っていたので、暦の上では秋に突入したはずなのに、夜九時を過ぎても熱と湿気で全身がサランラップに包まれたみたいに蒸し暑かった。

「ほなね」

梅田の紀伊國屋書店の前でまりえと別れた。

「結花ちゃん、望みのない男とずるずるして年食ったらあかんで。三十から先はあっちゅう間よ。ちゃんと他を探しなさい」

何度も聞かされた忠告は、由朗とよく行く居酒屋でつねにかかっている安室奈美恵《あむろなみえ》のベストアルバムみたいに結花をほっとさせてくれる。好き嫌いじゃなく、おなじみのナンバーが流れないと物足りない。はあい、と若干酔った滑舌で頷くとため息をつかれた。

「あんた、ふーらかふーらかしてるから心配やわほんま」

「ふらふら」ではなく「ふーらかふーらか」、それもまりえがよく使う言葉だった。漂っているだけじゃなく、宙に浮いてる感じがして、聞くたびに何だかぽわんといい心地になる。雲のベッドには到底届かないけれど、頭の上くらいのところで横たわり、上下しながらたゆたっている自分を想像するとそれだけで自由な気持ちになれた。

ＪＲ大阪駅まで歩くのが億劫になり、すぐ近くのタクシー乗り場の短い列に並んだ。順番を待つ間にスマホでＤＶＤを一枚注文すると、きょうの荷をすべて下ろした身軽さで歌い出したくなる。まりえに限らず、人と会う予定の日は楽しみな反面憂うつになった。面倒、気詰まり、そんなひと言では片づけられない重たい気持ち。決して会いたくないわけじゃないのに、心のどこかで約束を後悔し、相手からキャンセルしてくれないだろうかと期待してしまっている。かといって自分から反故《ほご》にもできず、いざ待ち合わせ場所に赴いてしまえば一緒に過ごす時間は楽しく、何がいやだったのかよくわからない。そして別れた途端、寂しさと安堵を同時に味わうのだった。やっと終わった、と。本当はひとりが好きなのかもしれない。仕事にせよプライベートにせよ、人づきあいは総じて疲れる。疲労を感じない相手は、由朗だけだった。

頭の中で「遠き山に日は落ちて」を口ずさんだ。きょーうのー、わーざーをー、なーしーおーえーてー、こーころー、かーろーくー、やーすーらーえーばー。

風は涼し、この夕べ。いざや、楽しきまどいせん――いや、全然涼しくないけれども。


「木南くん、『まどいせん』て何やと思う？」

タクシー待ちの時、不意に浮かんだその疑問を、帰るなり同居人にぶつけた。ソファで雑誌を読んでいた由朗はけげんそうに顔を上げる。

「なに？　マイセン？」

「ちゃうちゃう、まどいせん、や」

「何それ。あ、ＤＶＤ届いてたからそこに置いてる」

「ありがとう。で、まどいせんなんやけど」

「せやから、何の呪文？」

「ほら、小学校の時、キャンプファイヤーとかで歌ったやん、『遠き山に日は落ちて』。あれの一番の最後」

「ええ？」

由朗は軽く仰のき、フレーズを確かめるようにふんふんと小刻みに顎を上下させてから

「ああ」と頷く。小鳥っぽくてかわいかった。欲目かもしれない。

「わたしは『惑う』かなあ、て。困惑の惑」

結花が思いついた漢字を言ってみると「おかしいやろ」と即座に突っ込まれた。

「さあ楽しく惑いましょう、とか言うか。楽しいわけない」

「何でよ」

ソファに歩み寄り、由朗の隣にどすんと座ると「埃が立つからやめろ」と叱られた。

「むしろ惑ってる時しか楽しくないねんで。道が決まってもうたら、もうそこ進むしかないもん」

ふーらかふーらか、できなくなる。

「せや、惑星かって、惑う星って書くやん」

それはとてもいい発想だと本気で思ったのだけれど、賛同どころかひややかな視線しか返ってこなかった。

「あ、そうか」

「惑星は決まった軌道を周回するに決まってるやろ」

「きょうはちょっと太陽に寄せてみようとかなったら、気候がむちゃくちゃになって地球滅亡や」

「なるほど、さすがお天気のプロやな」

「中学生でも知ってる」

「それで、まどいせん、て何なん」

「知らんよ。自分で調べれば」

「何や、えらそに言って知らんねやん」

由朗の脚の上に頭を載せ、仰向けになってスマホを弄《いじ》る。

「重い、やめろ」

「寝るな」

「あ、出た……『円居』やて。みんなで団らんすること……うーん、しょうもないなー」

スマホを放り出して目を閉じると、由朗は貧乏ゆすりみたいに足を小刻みに揺らした。

「お酒飲んでるから吐いても知らんで」

「あほ、絶対すんなよ」

再び目を開け、由朗の顎の下を観察した。夜なのでうっすらひげが伸び、剃り残しらしき一本がぴょこっと飛び出ているのを引っこ抜きたくなったが、どうせ触れようとしたら払いのけられる。由朗はガードが固くてそっけない。すぐ機嫌を損ねるし、不機嫌が底の底までいってしまうと数日口もきいてくれない。

でも結花は由朗といると楽しい。由朗といると安心する。一方通行が悲しくなることはあっても、由朗が絶対に結花を傷つけないのを知っている。結花が勝手に傷ついているだけだ。

「まじでどけって」

いら立ちが顕著な声で言われたのでやばいと思いずるっと身体をずらし、ソファの上で丸まった。

「ぼくもう寝るで、あした朝シフトやから」

「ほんま？　わたしもやねん、やったあ」

「何が嬉しいねん」

「ウェザールームで木南くん見ると得した気分」

由朗は民間の気象情報会社からテレビ局に派遣されている。テレビに出る気象予報士と一緒にお天気コーナーの構成を考えたり、各種の気象アラートをチェックするのが主な仕事で、基本的にはスタジオや副調整室ではなく、ウェザー端末がひしめく専用の部屋に詰めている。結花と接触する機会はほとんどないが、オンエアの時間割を示すＱシートをウェザールームに持っていくと、由朗が打ち合わせをしている場面を垣間見られる時もあった。天気図がどうの、雨雲レーダーがどうのと、結花にはわからない話を真剣にしている由朗を見るのは楽しい。

「ぼくは、佐々がにやにやしながら入ってくんの見るたびひやひやすんねん。一緒に住んでるとか絶対言うなよ、だるいことになるから」

「言わへんよ、秘密がええんやもん。不倫みたいでときめく」

「ほんまアホやな」

由朗はDVDが入ったクッション封筒に手を伸ばすと、豆のような姿勢になった結花の腰の上に置いた。

「佐々もはよ寝な」

「うん」

わかってはいるけれど、これからメイクを落として風呂に入ってスキンケアとドライヤー……と工程を考えると面倒で動く気になれない。そして先延ばしにすればするほどますます身体が重くなるのだった。男やったらもっとお手軽やのにな、と何度思ったかしれない。

男やったら、木南くんに好きになってもらえたかな、とも。白いフローリングの床は髪の毛の一本すらなくきれいだった。内見に訪れた時、結花は「白はいややな、ごみ目立つし」と言ったが、由朗は「そのほうがすぐ気づいて掃除できるからいい」と主張し、実際、まめに掃除機やフロアワイパーをかけてくれている。

「佐々はしょっちゅうDVD買うてるよな」

由朗が言う。

「うん」

「何気に謎やねんけど。そんなに映画館にも行けへんし、リビングで観てんのも見たことないし」

「そんなん決まってるやん」

毛先の枝毛を探しながら「ＡＶやねん」と答えた。

「今度木南くんも一緒に観る？」

「何でやねん」

「女子向けやから、男優さんもイケメンやで。女体のとこは早送りしてあげるから、一緒に萌えよ」

「訊いて損した」

由朗が立ち上がって自室に逃げようとしたので、とっさにＴシャツの裾を掴んで引き止める。ＤＶＤ入りのクッション封筒がぱさっと床に落ちた。

「待って」

「やめろ、伸びる、何やねん」

「イケメンの裸見たないん？」

「木南くんは嘘つきやからな、ていうかかっこつけ」

「見たないわ」

「何が」

「一緒に住んでることばれたくないのって、多田《ただ》さんやろ」

ぴんと張ったTシャツの生地が、ほんのすこしくたっとたわんだ気がした。

「多田さんに知られて、何やつき合うてんのかあ、って勘違いされてほのぼの祝福されんのがいやなだけやろ。正直に言うたらええのに」

「うるさい」

感情のない平坦な声だった。あ、あかんやつ、と手を離すと由朗は黙って自分の部屋に入り、扉を閉めた。新築のマンションはソフトクローズ設計とかいう親切な仕様なので、バタンと乱暴に音が立つことはない。あーあ、とひとりごち、床の封筒を指で無意味にくすぐる。やってもた。時々、埋まってもない剝き出しの地雷をわざわざ踏みに行ってしまうのはなぜだろう。のろのろと起き上がり、シャワーを浴びていると、ようやく自分に刺さったとげのありかがわかってきた。結花は局内でも由朗の顔が見られたら嬉しい、でも由朗は違う。まりえとあれこれ話した後だったせいか、ちゃんと弁《わきま》えているはずの温度差にちくっとやられてしまった。

それから「絶対言うなよ」と口止めされたこと。

言うわけないやん。ルームシェアする時に約束したやん。会社の人には内緒、互いの個室には立ち入り禁止って。ちゃんと守ってるよ。まりえさんにかて木南くんの個人情報はしゃべってへんのに。頭の中までかき回すようにシャンプーをわしゃわしゃ泡立て、洗い流した。泡が緩慢に肩や背中を滑り落ちていく感覚は、指を這わされる時と似ている。前の恋人と別れたのはもう二年も前だから、身体に触れられた記憶もだいぶ遠いけれど。

冷静に言い返せばよかったんやな、と思う。約束は守る、そんなふうに信用してもらえないのはへこむ、と。そうしたら由朗もすんなり謝ってくれただろう。とげが刺さったことだけに反応して石を投げ返してしまった。後からじんわりと理解が追いついて反省したり納得したり、心と頭の時差を埋められない。

浴室から出て、生乾きの頭にタオルをかぶったまま由朗の部屋の前に立つ。引っ越しの日は各々の搬入でばたばたしていたから、この中にどんな家具があるのかさえよく知らない。木南くん、と呼びかける。返事はない。でも、おやすみ、と言うと、ごくちいさく「おやすみ」と返ってきた。よかった、マジ切れしてない。

ドライヤーをさぼってベッドに潜り込み、目を閉じるとTシャツの下に手を滑らせ、洗いたての素肌を自分でまさぐった。まりえさんにけしかけられたせいかな、と責任転嫁して乳首を擦る。同時に、ショーツの下の温かく湿った溝に指先をあてがった。摩擦とともに固くあらわれてくるところに意識を集中させる。

性欲は、強いほうだと思う。実家で取っていたスポーツ紙のエロ記事はこっそりチェックしていたし、初めて性的に「感じた」のは小学校三年生の時。校庭の登り棒に飛びついてきゅっと両腿に力を入れ、細い鉄の棒を挟み込むと股のところがむずむず気持ちよくなった。その感覚は毎回ではなく、しかもすぐに消えてしまう。虹や珍しい雲のように、微妙な発生条件があったのだろう。どうにかしてその快感を定期的に得たくて、休み時間のたび登り棒にしがみつき、登らずじっとしているという奇行を繰り返した時期があった。高学年になるとじかに刺激して気持ちよくなる術を覚え、彼氏がいようがいまいが習慣としての自慰は続いている。今は、性的な満足より入眠時の儀式的な意味合いが大きいかもしれない。

結花のファンタジーの中にリアルな男は登場しない。自分すらいない。髪と眉とまつげ以外の体毛をあらかじめ除去されたかわいくて頭が空っぽの、現実に存在しない女の子が現実に存在しない男（たち）からひたすら辱められる妄想に耽った。好きとか楽しいとかではなく、単純にオカズとして達しやすいから、古い毛布やくたくたのTシャツと同じように愛用している。

なのでその夜も十分とかからずいって、心地よい脱力感に浸った。濡れた指をティッシュで雑に拭いながら、木南くんてどんなネタでやるんやろと下世話な想像を巡らせた。弄っている最中に由朗の顔を思い浮かべると逆に萎えるからふしぎだ。木南くんも完全フィクション派かな、それともストレートに多田さんのこと考える？　あまり外に出たがらないから日に焼けず、こしらえの細い由朗の指はどんなふうに自らを慰めているのだろう。結花がそれを目の当たりにする日は、きっと来ない。

毎日毎日ストップウォッチとにらめっこし、時にはシビアに一秒を争う現場で働いているせいか、結花はしばしば「時間」というものの得体の知れなさがおっかなくなる。退屈な解説を聞いている一分と、ＣＭ明けに流すVの上がりを今か今かと待つ一分では、どう考えても過ぎる速さが違うのに、液晶に刻まれるカウントダウンはまったく同じペースだというのが解せない。

朝の情報番組のオンエアが終わり、スタジオでの軽い反省会も済んでスタッフルームに戻る途中で、多田に呼び止められた。

「佐々さんお疲れさまです、前半ニュースのスタジオってどんくらい押しました？　都構想のネタ」

「えーっと、ちょっと待ってくださいね」

ニュースコーナーの構成表に自分で書き込んだ赤字をチェックする。

「一分くらいですね、で、その後新聞一面紹介のコーナーで巻いたんで、トータルプラマイゼロでCMに入りました」

「あ、そうなんや」

多田は拍子抜けしたような表情を浮かべる。

「えらいしゃべっとった感じがして、押して迷惑かけたんちゃうかと思ったから」

「ああ、そういう時ありますよね。押したと思ったらそうでもなくて、逆に押してへんと思ったら押してたり……一秒とか一分って、ほんまに一定やと思います？」

「変動制やったらえらいことですねえ」

四十代半ばの多田は、年上かつ局員という立場なのにいつも物腰が丁寧で、結花みたいな小娘にも敬語を欠かさない。もっと威張ったいやなやつやったらええのに、とひそかに思っている。そうしたら、木南くん男の趣味悪いわとこき下ろしてやれるのに。

「アインシュタインの相対性理論ですね」

と多田が言う。

「時間の長さが違うのがですか？」

「そうです、あ、でも難しいことはわからへんから訊かんといてください」

目尻の笑い皺が深くなる。並んで廊下を歩くと、東向きの窓から強烈な朝陽が射し込んできた。

「ああ、きょうも暑そうや」

「いやですねえ」

「でも、佐々さんはいっつも涼しげやから」

「そうですか？」

「どこか超然とした感じがありますよ」

「ぼーっとしてるだけですよ」

「ぼくなんか暑がりやからかなんわ、最近の猛暑は」

はよ冬にならんかな、とぼやく男の喉仏を、斜めの陽射しが横切る。由朗にもある出っ張り。そーですねー、と間延びした相槌を打つ。

「多田さんは、冬になったらまた、奥さんとカイロ半分こですか？」

「えっ、何でそんなん知ってるんですか」

「何言うてるんですか、多田さん自らしゃべってましたよ、去年の冬に」

「ええ？　いつ？」

「忘年会！　え、まじで覚えてないんですか？　やば」

「酔うてたんかな、そんな恥ずかしい話……」

多田はズボンのポケットからハンカチを取り出し、しきりと首すじを拭い始めた。

「ああ、汗出てきたわ。ぼく、大勢の前で言うてました？」

「いえ、わたしと、ウェザーの木南さんだけです」

「ああ、そんならまだよかった」

由朗の顔と名前を把握しているのかどうかも怪しかった。ザマアミロ、と結花は思う。多田さん、あんたのことなんか覚えてへんねんて。わたしは木南くんが好きやのに、ほんまのほんまに好きやのに、何で木南くんが傷つくようなことでしか喜ばれへんねやろ。自己嫌悪、罪悪感、何の罪もない妻帯者に嫉妬している惨めさ。こんな濁った気持ちも残暑の光に炙られて蒸発してくれたらどんなに楽だろう。

その日はもう仕事がなかったので、梅田をぶらぶらして昼ごはんを食べた。家に帰ると由朗の靴があり、それだけで犬のように跳ね回りたくなる。

「おかえり。ぶどうあるけど食べる？」

「食べる！　何で？」

「実家から送ってきた」

台所には「柏原《かしわら》デラウェア」と書かれた箱が置いてあった。キッチンのカウンターに並んで座り、洗ったぶどうを食べた。結花はふたつみっつ一緒にもいで口に運んでしまうけれど、由朗は丁寧にひと粒ずつちぎっては食べ、ちぎっては食べを繰り返していた。由朗の指には、マスカットでも巨峰でもなくデラウェアが似合うと思った。

「木南くんの家ってどんなん？」

「どんなんって……普通。両親と二歳下の弟。特別に仲よくも悪くもない」

「女とルームシェアしてるとか言うてる？」

「言うてない」

「ほな、ゲイですとかは？」

「言うてない」

ちゅるん、と皮から押し出したぶどうを噛みつぶす。ちいさな丸い果実は、ともすれば喉の奥まで滑り込んでしまいそうだ。

「言うたら勘当とかされそう？」

由朗はやや考え込み「いや」と答えた。

「そんなことないと思う。ぼくの願望でなく、家族は受け入れてくれると思う」

「ほな、カミングアウトしてもええんちゃう？」

「いやや」

存外、はっきりとした拒絶だった。「んー」とか「佐々には関係ない」とはぐらかされるかと思ったのに。

「受け入れられて、応援されんのっていややん。恥じることない、由朗は由朗やからとか……そんなわかりきったことの、承認とかお許しをちょうだいせなあかん立場なんかって思うから」

「別に、木南くんを下に見て言うわけちゃうやろ」

「うん、わかってるけど」

こんなに頼りなくか細い枝なのに、しっかり実とつながって離そうとしないものもある。由朗の指がすこし力んで、ぷきっとひと粒をもいだ。

「正しさって、いたたまれへん気持ちになる。明るいところに引きずり出される感じがするから。自分はおかしい、恥ずかしい言うても『そんなことない！』って。自分の間違ってる部分を、えびの背わたみたいにぴーってこそげ取られる感じ。恥じるな、引け目感じるなっていう圧もひとつの暴力やろってぼくは思う」

由朗はレインボーカラーを身につけてパレードに参加しないし、カミングアウトしない、権利と平等を求めて戦わない。アプリで相手を探さないし、ゲイバーにもサウナにも行かない。そういうゲイも当たり前にいる。以前「ステルスゲイやな」と言ったら「ゲイのほとんどはステルスやろ」とまた冷ややかに突っ込まれた。彼氏がいたことも、男とセックスしたこともないけれど、自分がゲイであるというのは揺るぎない事実らしい。たぶん、惑星の軌道と同じくらい。わかる気がする、と思った。でも「佐々にはわからん」と言われたら反論できないので言わなかった。

「佐々の家は？」と由朗が尋ねる。

「別に何も言うてへん。お父さんに保証人のハンコお願いしただけ。わたしひとりっ子で、親離婚してるから父ひとり子ひとりやねん」

「そっか」

オセロの石を、慎重に選んで置くような言い方だった。気遣い丸出しの不器用な言葉が嬉しくてへらっと笑ってしまった。由朗はたちまち「何やねん、気持ち悪い」と豹変する。

「でも別に普通の仲やで。今度お父さんとランチするし」

「ふーん」

皮に皺が寄ったぶどうを由朗が皿の隅によけたのでさっと取り上げた。

「ちょうだい」

「傷んでるからやめとけ」

「こんくらい平気やん、木南くん神経質やな」

ちゅるっと中身を吸い出すと、完熟から発酵に踏み出した、濃厚で危うい甘さだった。

「ちょっとワインっぽくて好きやねん」

「腹壊すぞ」

「腐ってはないもん。なあ、めっちゃでかい樽に入ったぶどう、踏んでみたくない？」

「何それ」

「ワイン造る時のやつ。裸足でぐじゅぐじゅーってぶどうつぶしまくったら、めっちゃストレス発散できそう」

「汚いやん」

「そういう細かいこと気にしてるからストレス溜まんねん。聞いた話やねんけど、樽いっぱいのぶどう、ずーっと踏んでるやんか、そしたらだんだん発酵してきて、その空気かいでたらちょっと酔っ払ってくんねんて。そんでまたハイになってぶどう踏み続けるねん。楽しそう」

嘘くさ、と由朗は鼻で笑う。その生意気な鼻をきゅっとつまめる権利が自分にあったらいいのに、と思う。

「やってみなわかれへんやん。でもあれ、女の人しかやってへんイメージやんな。男子禁制やったら木南くんできへんな、かわいそ」

「やりたないわ」

こんなふうにくだらない話をして、由朗が呆れて、ただそれだけの日常が幸せだと思う。一方で結花がどんなに由朗を好きでも同じ気持ちが返ってこないことがとてつもなく空しい日もある。結花の気持ちは月のようにめまぐるしくかたちを変え、それでも、由朗の周りをぐるぐる巡るルートだけは変わらなかった。

父親が予約したランチの店は、あべのハルカスの高層階にあるレストランだった。五十七階から見下ろす景色は案外平坦で、大阪って田舎、と思う。去年、友達と行った六本木ヒルズからの眺めとは全然違う。どこを向いても高層ビルやタワーマンションの群れにぶつかる東京とは別物で、視線は何にも引っ掛からず空と街並みが溶け合うように霞む果てまで眺めることができた。あれは大阪のどのへんだろう。

和食のコースを食べ進めながら、父親とは特に話が弾むでもない。ぽつぽつと近況報告を交わすだけで、数ヵ月に一度のランチにどんな実りがあるかと言えば、結花にとっては別れ際に「交通費」の名目でもらう一万円や二万円だったりする。父親にとっては、謎だ。昔から仕事人間で、幼少期に遊んでもらった記憶さえない。大人になってテレビ局で働くようになってから、大げさでなく週休0日の人間をたくさん目撃したので、お父さん大変やったんやなあとは思う。

「結花、これ食べるか」

天ぷらの盛り合わせの海老を指して父が言った。

「ううん、大丈夫。もう結構お腹いっぱいやから」

「そうか」

抹茶塩をちょんちょんとつけたしいたけをかじる。こないだ木南くんが作ってくれたしいたけのホイル焼きおいしかったな。バターとしょうゆのやつ。今度お礼に何か作ろ。そんなことをぼんやり考えていたら、父親の話を聞き逃した。

「え、ごめん、何て？」

「今度、従姉妹の瑠美《るみ》ちゃん、結婚するんやて。覚えてるか？」

「うっすらと」

冠婚葬祭で何度か会った、程度の認識で、顔もぼんやりとしか思い浮かばなかった。

「確か、結花のふたつ下やったかな」

「ふうん。披露宴とか、出たほうがいい感じ？」

「いや、もうお腹に子どももおるからそういうのはせんのやて」

「へえ、めでたいねえ」

すると父親は意味ありげに結花を見、そして意味ありげに指紋ひとつないぴかぴかのガラスの向こうの景色を見て、深いため息をついた。

「……お前はなあ……」

結花は鱚《きす》を箸で取り、天つゆに思いきり沈めた。そういうことを言われるのはわかっていた。毎回の展開だからだ。とにかく何かしらに絡めて父親は「あの件」を匂わせる。それは結花への罰なのだと思う。忘れさせないために、思い知らせるために、定期的にランチの誘いをかけてくるんだろうという気さえする。結花のほうから「ごめんなさい」と折れればいいのかもしれない。そうしたら「お前のせいやない」とわかりきった慰めを返し、触れなくなるのかもしれない。でも結花は謝るのも許されるのもごめんだから、いつも知らんふりをする。この日も能天気な声で店員を呼び止め、グラスワインを頼んだ。何じゃボケ、知るかそんなもん、どないせえっちゅうねん、という悪態を、酸っぱい白ワインと一緒に飲み下す。

ワインを立て続けに飲み、もらった一万円で遠慮なくタクシーに乗って帰った。注文したDVDが二枚まとめて届いていたが、自室の床に放り出すとベッドに突っ伏し化粧も落とさず眠り込んだ。

目を覚ましたら夕方で、枕カバーについたよだれがつめたかった。部屋を出るとリビングは暗く、まだ由朗は帰っていないのかと思いきやベランダに佇んでいる。

「木南くん」

「何やその顔、口の周りよだれでカピカピやで」

振り向いた由朗の、苦笑いの後ろでは西の空が暮れていて、デラウェアを煮詰めたような濃い紫色の夕空に雲と一緒に浮かぶ控えめな笑顔がとんでもなく好きだと思った。裸足のままベランダにぴょんと踏み出すといやな顔をされたが構わなかった。

「お父さんとランチ行っとったんやろ。楽しかった？」

「んー……普通」

「何やそれ」

ついこの間まで、夜になっても昼の熱気が居座ってむわっと暑かったのに、いつの間にか涼しい。風はさらっと乾き、真夏のじっとりした生ぐささが消えていた。

「秋がきますなあ」

風で髪を洗うように手櫛を通しながらつぶやくと、「秋の前に台風や」と由朗が言った。

「二十一号、北上してきてる」

横顔が厳しく引き締まっていたが、ぴんとこなかった。台風なんて毎年いくつもきているが、結局大阪では何も起こらないというイメージがある。沖縄や九州あたりで暴れても、北や東へ抜けたり温帯低気圧に変わったりで、いつも脅されては拍子抜けの繰り返し、交通機関が多少乱れようと、その気になれば局まで歩ける結花にはほとんど影響がない。

「毎回大したことないやん」

「今度もそうとは限らへん」

由朗は言った。

「地震と違って、台風とか大雨は事前にある程度わかってて避けることができんのに、何でみんな予報をちゃんと聞いてくれへんねやろって歯痒いことがある。何のためにデータとにらめっこしてああやこうや言い合って、注意を呼びかけてんねやろ。まじめにチェックしてくれんの、降水確率くらいや」

手すりの上で組んだ腕に顎を乗せる。疲れて愚痴りたい、そんな時が由朗にもある。そしてこんな時なのに、結花は、ぶどう色を映す由朗の目玉に歯を立てたらどんな感触なのかと想像せずにはいられない。

「あ」

由朗がすぐ近くに見える安治《あじ》川を指差した。川沿いに中央卸売市場や倉庫が並び、そのずっと向こうは大阪湾につながっている。人差し指の先にはＵＳＪ周辺の高層ホテルの明かりが見えた。

「ホテルがどないしたん」

「ホテルとちゃう、その下」

目を細めると、地上でちら、ちら、と光が集まって瞬いていた。風に吹かれるろうそくの火が膨らんだり縮んだりしているように不安定で心細い。なのに、その不規則な点滅を両手にすくってずっと眺めていたくもなる。

「何あれ」

「たぶん、USJのパレード」

「へえ」

これでもかとLEDで武装した華やかな催しは、遠くからだとこんなに寂しく見えるのか。でも、至近距離できらびやかさに目がくらむよりこっちのほうがいい。遠くの、自分たちのためじゃないパレードを、由朗とふたりで、いつまでも眺めていたかった。

「よるべない感じやな」

そう言うと、由朗が驚いたように結花を見た。

「何よ」

「そんな言葉知ってるんやと思って」

「知ってるわ」

「『まどい』は知らんかったのに」

「木南くんも知らんかったやろ」

「確かに」

由朗は指を引っ込め「けさ、五時半ごろ副調整室に行ってたんけど」と話を変えた。

「そうなん？」

「ウェザーのほうで、天気図の更新がうまいことといけへんかったから確認に。あれやな、尺カウントしてる時の佐々は別人でびっくりする」

「何で」

「普段小声やし、たるそうにしゃべんのに、ＴＫモードやとめっちゃはきはきしてるから」

「もったりしゃべったら『聞こえへん！』って怒鳴られるやん」

半袖から伸びた由朗の二の腕や尖った肘を盗み見ながら結花は答えた。

「自信なさそうにしとったら、何でもかんでもこっちのせいにされたりすんねん。ＴＫが尺読み間違えたとか。弱肉強食やからあそこは」

「怖いな」

「でも、時間のことは結局わたしに訊かなわからへんからな。木南くん、ＴＫは何で女ばっかりか知ってる？」

「さあ。考えたことなかった」

「昔はテレビの現場に今よりずっと女がすくなくて、技術さんの多い副調整室なんか百パー男やったんやて。本番中、V来てへんとか原稿どこやとか、やいやいうるさいやろ。みんなが声張り上げる中でも、尺のカウントだけはちゃんと通らなあかん、せやから女の声がええねん」

「なるほど、理に適《かな》ってんな」

まりえの受け売りだが、TKをやるにあたっていちばん心動かされた要素だったので、由朗の素直な感心が嬉しかった。

「どんなにえらそうに怒鳴ったところで、TKの声に耳澄まさなオンエアできへんねん」

「かっこええな」

「やろ。惚れてもええんやで」

由朗は無視して「TKやってると時間の感覚って身につく?」と尋ねた。

「そうでもないよ、ちょいちょい遅刻するし」

「ちゃうやん、十秒とか一分とか、ストップウォッチなくても正確に計れるか、いう話」

「んー、どうかな、相対性やからな」

「何や急に難しい単語使って」

「やってみよか。木南くん、スマホでタイマーセットして」

結花は目を閉じ「一分」と指定する。

「わたしのタイミングでいくから……よーい、ドン」

心の中で「一分前」と唱える。ストップウォッチの数字をにらんでいる時の感覚を思い出す。四十五秒前……三十秒前……十五秒前……十秒前、きゅう、はち、なな、ろく、五秒前、よん、さん、にー、いち、

「――ドン！」

目を見開き、由朗を見た。由朗の瞳に視線がぶつかった。由朗も結花の目を見ている。結花の目にある月と金星を。

ピピピ、ピピピ、とタイマーのアラームが鳴る。由朗が「惜しいな」と笑ってアラームを切る。

「でも一秒くらいちゃうか、やっぱすごいな」

その言葉は耳に入ってこなかった。空は目を閉じる前より濃い紫で、胸の中にざわざわと風が吹き、雲がものすごいスピードで流れ去っていくのを感じた。何もかも全部、風に乗って遠くへ行ってしまえばいいのに。多田も、ＤＶＤも、父の言葉も。

「木南くん」

「何や」

「結婚して」

「は？」

「結婚して」

「いややけど、何で」

理由を訊く前に拒絶する由朗らしさが好ましくも憎たらしくもあった。

「したくなってんもん。ええやん、別にセックスしてとか言わへんし、木南くんに彼氏ができたら公認してあげるし、わたしが死んだら貯金全部もらえんねんで」

「佐々、落ち着け」

いつものたわ言とは違う雰囲気を感じ取ったのか、由朗はまじめに諭した。

「どうした、お父さんとごはん食べた時に何か言われたんか？」

「そんなん関係ない」

寝起きのまま風に吹かれ、ただでさえぼさぼさだった髪が、頭を打ち振ることによりいっそう乱れる。目の前を黒い線がいくつも横切って由朗の顔がよく見えない。

「結婚してよ」

「無理」

いや、より傷ついた。だから由朗を傷つけることにした。

「でも籍入れんかて、このまま十年とか経ったら、それは事実婚とみなされるんやで。夫婦と一緒や。木南くんとわたし、男と女やから。それが世間の、普通の、正しい見方やもん」

言っておいて、反応を確かめるのが怖くて室内に逃げ込んだ。汚れた足の裏を拭きもせずベッドに潜り込み、ひとしきり発言を後悔したがどうしようもない。せっかく穏やかないい空気だったのに、いつも自分からぶち壊してしまう。由朗が結花を好きじゃないというだけで、その事実ひとつで結花を打ちのめしているのだから、同じだけ自分も由朗を痛めつけたくなる。澄ました顔してんと思い知ってよ、わたしの痛みを、悲しみを、怒りを。それでわたしを木南くんの特別にして。こんな凶暴な身勝手さを、果たして愛情と呼べるのだろうか。わたしが男やったら、木南くんとつき合われへんでも、ちゃんと失恋できたかもしれへんのに。

木南くんが女やったら、酔っ払って手をつなぎながら一緒にぶどうを踏みつぶして踊れたかもしれへんのに。

由朗は何も言ってこなかった。部屋に近づいてくる気配さえなかった。

由朗が危惧していたとおりになった。九月の頭、台風二十一号は「非常に強い勢力」を保

った まま日本列島に迫りつつあった。進路予想によると、暴風を孕《はら》んだ巨大な円は関西を直撃して抜けていくらしい。四国への上陸が見込まれる日の朝ニュースはほぼ台風情報一色だった。今後の進路、風や雨の予想、備えと早めの避難の呼びかけ、交通情報……こういうイレギュラーだらけの日はオンエアの構成がいつもとまるで違うから緊張する。各所が混乱したままどうにか体裁を保って放送を終えると「みなさんできるだけ早く帰宅してください」とのお達しが出たので、食堂での朝食も控えて帰ることにした。

エレベーターを待っている間、多田がやってきた。

「お疲れさまです。多田さん、ひょっとして徹夜ですか？」

ひげが伸び、ワイシャツの襟やネクタイの結び目も明らかにくたびれていた。

「ああ、はい、きのうの夕方から台風会議招集されたんで、まあいろいろと……」

「大変ですね、もう帰れるんですか？」

「いや、ちょっと仮眠。仮眠室は人のいびきがうるさあてかなわんから自腹でホテル阪神取って。また昼過ぎに集合なんでそれまで寝ますわ」

由朗もきっと慌ただしく働いているだろう。あの唐突なプロポーズ以来、ほとんど顔も合わせていない。ルームシェア解消を言い渡されるんじゃないかと避けまくってしまった。今はただ、この台風による被害がすくないことを祈るだけだ。由朗が、頑張って注意喚起した甲斐があったと思えるように。エレベーターはどこにも停まらず降りていく。一階に着くと同時に、多田が言った。

「ホテル、一緒に行きましょか」

「え？」

何かの聞き間違いだろうと多田を見上げた。でも、結花を見る多田の目に、みるみるにぶい光が満ちていくのがわかる。あれ、この人、こんな顔やったっけ。どんなに望んでも由朗の目には決して宿らないたぐいの光が、結花がいやというほど浴びてきた粘っこい欲望の光が、なぜこの男に。

開いた扉の前で棒立ちになった結花に多田が追い打ちをかける。

「くるみちゃん」

ホテル阪神は、客室内にも天然温泉を引いているのが売りらしい。「温泉」の蛇口をひねると、バスタブに淡いべっこう色の湯が溜まった。効能は特に感じなかった。ユニットバスで温泉に浸かってもありがたみが薄いな、と思った。

バスタオル一枚身体に巻いて浴室を出ると、身支度しながらテレビを見ていた多田が急に大声を上げる。

「うわ、うわうわうわ、これはあかん、これは」

画面を覗き込んだ結花も息を呑んだ。海に架かる橋に、大きな船がゆっくり（と見えるスピードで）ぶつかり、食い込んでいく。映画のワンシーンみたい、そんな映画を見たこともないのに考える。叫ぶようなアナウンサーの声。

——たった今、大型のタンカーが、関空と陸地を結ぶ連絡橋に衝突しました。

海は踊るように荒れていた。こんなん無理やん、と思った。こんなことになるなんて、どんだけ予報見てもわかるわけないやん。もしわかってたらちゃんと防げたん？

えらいこっちゃ、といそいそネクタイを締める多田はどこか楽しげだった。初めて目にする光景を電波に乗せる喜びというのが確かに存在するのだろう。

「ほな、ここあしたの昼まで使えるから好きにしとって」

最初からこれっきりのつもりだったのか、やってみて違うなと思ったのか、多田はろくに結花を見もせずばたばたと局に戻っていった。興味を失ったのならそれに越したことはない。温厚なマイホームパパの顔に騙された——違う。結花が知っている多田がすべてじゃなかった、それだけだ。結花の父親が、海老の天ぷらを分け与えようとしながら結花を傷つけるように。矛盾でも裏切りでもない、だから憤りや悲しみには値しない。

結花はベッドに座り、ザッピングしてテレビを見続けた。どのチャンネルも台風のニュースばかりだった。風に煽られて浮き上がるトラック、裏返った傘を握りしめて踏ん張る通行人、そして浸水した関空とタンカーに直撃された連絡橋の映像が繰り返し流れる。スマホの災害情報をチェックすると、大雨、暴風、波浪、洪水、高潮……結花がどうでもいい男とセックスして眠っていた間にもさまざまな警報で危険を報せてくれていた。

そういえば、子どもの頃は波浪警報を「ハロー警報」だと思っていた。のどかなのか深刻なのかわからない。ハロー、ハロー、ハロー、気をつけて。

七時半にNHKのニュースが終わると空疎なバラエティやグルメ番組しか見当たらなくなったのでホテルを出た。台風はすでに抜けて雨はやんでいたが、大方の鉄道は計画運休でストップし、いつもなら人でごった返している環状線の福島駅も閑散としている。風はまだ強く、街路樹の葉がひゅるひゅると渦のかたちに舞う。どこかの居酒屋の看板やペットボトルや折れた傘、道路にはいろんなものが散乱していた。髪の毛やスカートがめちゃくちゃに乱れて顔に脚にまとわりつくのも構わず大股で歩く。痴漢も強盗も、今の結花の形相を見たら逃げ出すに違いない。

まだ濡れた路面に、季節外れなカイロのパッケージがへばりついている。結花は、初めて由朗と会った夜のことをまた思い出す。

結花の隣には由朗がいて、そのまた隣に多田がいた。最初は別の誰かだったはずだが、宴会が進むにつれてみんな適当に席を移り、気づいたらそういう並びになっていた。結花がトイレから戻ると、多田が由朗に「新しいＡＤくん？」と話しかけているところだった。

――ウェザーの木南です。先月から局のほうに来させてもらってます。それまでは大阪支社やったんですけど。

――ああ、そうなんや。ウェザーの人は三交代やったっけ？　大変でしょう、めまぐるしくて。

――でも、朝ニュース担当で毎日毎日真夜中に出勤するのもいやじゃないですか？

結花は口を挟んだ。多田の存在を、すこし邪魔に感じていた。

――まあねえ、冬は特につらいねえ。ぼく、夕方六時頃寝て十一時に起きて支度するんですわ。寝る前に背中に貼ったカイロ剝がす時にまだあったかいのが切ないんです。

――え、貼ったまま会社にきたらええんちゃいます？

――いや、会社で何やかや動いてたら暑くなるから、隣で寝てる嫁にべたって貼って出てきます。

人は思わぬタイミングで透明になれる。その瞬間、由朗の視界から結花という人間が存在ごと消失したのがわかった。由朗の目は、退屈な軌道から外れて重力に引かれ、真っ逆さまに落ちていくように見えた。ひとつのカイロを妻と共有するエピソードを「貧乏くさいですよねえ」と恥ずかしそうに話す中年男のもとへ。当の多田はそれを知る由もなかっただろうけれど。ああ、邪魔者は、わたしなんや。

一次会で抜けて帰る途中、由朗と近所に住んでいることが判明した。じゃあ一緒にタクシー拾いましょうか、となにわ筋をぷらぷら歩いている時、酔いの勢いも手伝って口走ってしまった。

——多田さんに惚れてもうたんですか。

由朗が途中から明らかに上の空で、多田に心奪われていたのが悔しかった。このまま手ぶらで別れてしまうくらいなら、多少引かれても何らかの爪痕を残したかった。使いかけのカイロごときがそんなに魅力的なんか。悔しかったのは、結花だってうらやましいと思ったから。隣に座った男の子と同じベッドでささやかな暖を分け合う関係になれたら、と束の間夢見たのに、由朗の眼中にもない。

——は？　何ですか？

由朗はみるみる顔を強張らせ、薄氷の張りついたような眼差しにたちまち後悔した。凍てつかせるつもりなんかなかったのに、アプローチを完全に間違えた。違うんです、と慌てて言い訳する。

——ひやかしとかでなく、わたし、そういうの敏感にわかってまうほうなんで。木南さん、異性見る時の目がさらさら乾いてるし……すいません、あまりにも、こう、鮮やかに「恋に落ちる」って感じやったんで、言ってみたくなっただけなんです。ごめんなさい。多田さんは全然気づいてへんから大丈夫です。

そう主張する間に、空車が何台か通り過ぎて行った。由朗は未知の生物を見る表情で結花の言葉を聞いていたが、やがてぽつりとつぶやいた。

——……気づかれたら困る。

タクシーの車内ではそれ以上話さなかった。失敗した、と思った。大失敗だ。最悪の第一印象、でも同時に「そっか」と納得もしていた。冬の夜みたいに透明度の高い由朗の瞳、あれは結花を性愛の対象としないがゆえのつめたい澄み方だった。だから惹かれた。

二度目に会ったのは、年が明けた一月十五日だった。昼間、局の出入り口でばったり顔を合わせ、結花はすぐさま忘年会で交わした会話を思い出した。

——あっ！

軽い会釈で通り過ぎようとしていた由朗が結花の大声に驚いて立ち止まる。

——あの、月と金星！

——え？

——接近する日！　きのうでしたよね？

自分の右目を指差しながら尋ねると、由朗は気圧されたように「あ、はい」と頷いた。

——しまった！　あー……見逃したー……すいません、きのうの朝までは確実に覚えてたんですよ。

そのランデブーを、どうしても見届けたかったわけじゃない。好きになりかけていた相手が教えてくれた話をあっさり忘れてしまえる自分に腹が立ち、悔しかった。何も大切にできないから、誰からも大切にされない気がした。両手で頭を抱えていると、「そんな大げさな」と言われた。由朗の、切れ長の一重まぶたがふたつの三日月をつくっていた。

恋愛対象どころか、人としても好ましいタイプではなかったと思う。それなのに、連絡先を交換して飲みに行くようになり、世間話の一環でそれぞれの住環境に対する不満——狭いとか宅配ボックスが欲しいとか——を言い合っているうちどちらともなく「一緒に住めばそこそこの部屋借りれるやん」という流れになり、そこからはとんとん拍子で春にはルームシェアを始めていた。

目の中の、黒い星にかけた願いが叶った。幸せだった。喧嘩をしようが、時々息苦しくなろうが、由朗と一緒にいると毎日楽しかった。たぶん、最初から行き止まりの八方ふさがりだとわかっていたから。由朗が多田以外の男とくっつくより、自分がいつか由朗を好きじゃなくなる未来のほうがいやだった。

木南くん、好き。

わたしのことを好きになってくれへんのなら、せめて一発やらせてください。

玄関のドアを開けると由朗のスニーカーがいつもどおりきちんと揃えてあった。しかし室内は真っ暗で、物音もしない。由朗も台風対応で徹夜明けなのかもしれない。玄関を上がってすぐの自室をスルーし、その隣、近くて遠い由朗の部屋の扉をためらいなく開け放った。ベッドサイドのＬＥＤランタンが淡く室内を照らしていたのでまごつくことはなかった。

「木南くん」

ベッドに乗り上げると由朗はぱっと目を見開いて上体を起こし、ふとんをはね除けようとしたがそうはさせない。スカートがめくれ上がるのも構わず馬乗りになる。

「何やねん」

怒りより怯えの色が濃い詰問に嗜虐心をかき立てられた。

「多田さんとやってきた」

「え？」

「多田さんとセックスしてきた。ホテル阪神で。向こうから誘ってきた。せやから木南くんもわたしとセックスしよ」

「なに言うてんねん」

乾いて澄んだ瞳に満ちていくものを確かめたくて目を凝らしたが、結花自身の影で暗くなって見えない。由朗の眼差しは真冬の星や夜景みたいにちらちら揺れていた。あれは何でやったっけ。風と大気の密度がどうこう、木南くんが教えてくれたのに、もう忘れてもうた。ああこんなんやから、わたしこんなんやから。

「間接セックスやで、ええやろ、直接セックスはできへんねんから。多田さんが入れたばっかりの穴に入れたらええやん。してよ」

由朗は結花をにらみつけ、両手の拳でぼふっとふとんを叩く。

「何やねんお前、ほんま何やねん、最悪や、出てけ」

顔をそむけ、呻くような泣くような声を漏らす由朗を見下ろしているうちにだんだん衝動が収まり、遅まきながら冷静になってきて、「ごめん」と無意味な謝罪を残して離れた。許してもらえるわけがない。自分のベッドに潜った途端涙がぼろぼろ出てきた。好きな人が自分を好きじゃないこと、自分も自分を好きじゃないこと、好きな人にやさしくできないこと、あんな男にまんまとやられてしまったこと。蛇行し乱高下する結花の軌道は惑うどころか迷走の極致だった。

うあ、うあ、と誰はばかることなく嗚咽していたので、その控えめなノックがいつから響いていたのかわからない。呼吸の切れ目に、こん、こん、と聞こえた音に耳を疑ったが、幻聴ではなさそうだった。

「佐々」

遠慮がちな、由朗の声。

「佐々が帰ってきたら謝らなあかんと思って、夕方まで起きて待っててんけど」

「何を？」

結花が謝るべき件は複数あっても、由朗の落ち度など心当たりがなかった。答えが返ってこないのでしゃくり上げながらドアを開けると、気まずそうに佇む由朗の手には一枚のＤＶＤがあった。

「ぼくも通販頼んでんのあったから、確かめんと開けてもうて……」

「……ああ」

呆けたような、あるいは夢から覚めたような声が勝手に出た。由朗が親指と人差し指でちょんとつまむように持っているＤＶＤは「小生意気ラビット夢原《ゆめはら》くるみ」というタイトルで、今はもう絶滅したスクール水着やブルマを穿いた少女の写真がこれでもかとひしめいている。十一歳の結花だ。

芸能界に強い憧れを抱く母親の意向で、ものごころつく前から児童劇団に入れられていた。目立ってかわいいわけでも、歌やダンスや演技の才に恵まれていたわけでもない平凡な子どもが、そう簡単にスポットライトを浴びられるはずもなく、エキストラやローカルスーパーのチラシに載る子供服のモデルがせいぜいだったが、母はむきになって結花をあちこちのオーディションに連れ回した。おかげで小学校を休みがちになり、友達もできなかったし、高学年になると「ブスのくせにタレントやて」と陰口を叩かれたが、「やりたくない」とは言えなかった。母にとって、仕事漬けの父に顧みられない孤独を埋めるよすがが「ステージママ」というお仕事だったから。

六年生の時、なかなか芽が出ない（出ようはずもない）娘に焦れていた母のもとに「ジュニアアイドルとして活動してみませんか」というオファーが来て、そこでも結花に選択権はなかった。佐々結花は夢原くるみとなり、言われるままスク水を着て、ニーハイを穿いて、股の部分を不自然なまでに食い込ませた状態で柔軟運動をしたりシャワーを浴びたりしてカメラの前に立った。あの子も昔はこんな仕事をしてたんやで、と有名なアイドルや女優の名前を出されたが、自分がそうなれるともなりたいとも思わなかった。

それから握手会やチェキ会でＤＶＤと夢原くるみを売り出していく予定だったのが、とうとう父の知るところとなり母は離婚され、結花のアングラな芸能活動も終わった。しかしすでに市場に出回っていたぶんのＤＶＤは回収できず、今も中古で流通している。

「買って、どないしてんの」

由朗が言いにくそうに尋ねた。

「捨ててる」

こんなにマイナーな活動実績なのに、結花の目鼻立ちが思春期を経てもあまり変わらなかったことや、特徴的な目玉のほくろが災いして、たまに夢原くるみを知る人間と遭遇してしまう。新卒で入った会社も、課長に「もうＤＶＤ出さへんの？」とにやにやしながら言われたのですぐ辞めた。

「まさか多田さんもとは思わへんかった。わたしもまだまだ甘いな」

話すうちに落ち着いてきて、涙も止まった。由朗が「何でそんな淡々としてんねん」と珍しく語気を強める。

「だって、わたし、知ってたもん。自分がカメラの前でどんなかっこして、映像がどういうふうに使われんのかわかっとったよ。こんな、乳も尻もなくてまだお腹ぽこって出た子どもの身体でさあ」

由朗の手からＤＶＤを奪い取ってパッケージをぱんぱん叩く。

「かわいいね色っぽいねって言われて、満更でもなかった。気持ちよかった。スポーツ新聞のエロ小説にあった『ジュンとした』いうやつや。わたし、ジュンとしてんもん。今さら被害者ぶって泣いたり怒ったりせえいうん？」

たった一枚のＤＶＤがその後の人生にしつこくつきまとうのだと知っていれば、母が何と言おうと拒んだだろう。でもそんなことを今さら悔やんでも仕方がない。

「佐々が加害者なわけないやろ、こんなもんは作るやつらと喜んで観るやつらだけが悪い」

そう言ってもらっても、胸がすいたり晴れやかになったりはしなかった。結花は深刻に苦悩しているわけではなく、ＤＶＤを買い集めるのは自分の排泄物を片づけるような行いにすぎない。でも由朗は静かに泣いていて、こんなくだらないことで心を痛めさせてしまい申し訳なく思った。

「ごめんね。多田さんとカイロへの夢、壊してもうた。でもあいつほんま下手やったし。入れてからいくまでまじで一分なかったし。わたしのカウントやからまあまあ正確やで」

由朗はゆっくりかぶりを振って頰の涙を拭うと結花の手を取った。手をつないだのは初めてだった。

「木南くん」

徒歩三歩のベッドまで手を握られ、そのまま並んで寝るよう誘導された。

「佐々、どうしたらええの」

「どうて」

向かい合う由朗の手が、スカートの裾をたくし上げてショーツの中に入り込んでくる。そこに何の塊もない身体に怯んだように指は一瞬縮こまったが、逃げてはいかない。

「とりあえず、溝のとこ、ゆっくり擦ってみて」

「うん」

さっきまでの涙か冷や汗か、全体的にしっとりした指が結花の性器のカーブを撫でる。ぎこちなく戸惑った手つき。ああ、惑ってる、と思った。楽しいのかどうかはさておき、今初めて、ふたりで一緒に惑っている。どきどきした。どきどきすると、ジュンとした。

「……何か、ぬかるんできた」

由朗がつぶやく。

「もっと奥まで触って」

「いやや、怖い」

そういうところは由朗のままだった。結花の生ぬるいぬかるみに指の先だけ潜り、緩慢に上下する。

「木南くん、結婚して」

「佐々はぼくと夫婦とか家族になりたいんか」

　正面切って訊かれると、それもちゃうなと思った。恋人でも親友でもなくて。むしろ、由朗を何の役割にもはめたくないのだと気づく。ゴールとか通過点みたいなものは却って邪魔だった。

「……よるべになりたい」

　結花は答えた。由朗がよるべない日、たとえば遠くで弾けるパレードの光が寂しくにじむ夜には、佐々がおるし、と思ってほしい。何の役にも立たないけれど、脳裏に描くのを許し合えるよるべになりたい。誰のハンコも許可もいらないのに、それはきっととても難しい。

　結花の心臓と対照的に由朗の鼓動は凪いだままだった。外は嵐の後の静けさで、人の声も車が通る音も聞こえない。とくとくと規則的な脈拍に耳を澄ましている間はこの世にふたりきりでいられる気がした。

「よるべないよな」

　由朗がささやく。

「でも、ぼくがよるべないのは、ぼくがゲイやからとちゃう」

「うん」

　結花がよるべないのも、ジュニアアイドルとしてロリ着エロＤＶＤに出たせいじゃない。

結花はいかなかった。このおっかなびっくりなやり方でいける気もしなかったので「もういい」と言うと由朗はほっとしたように手を引っ込めて自分の部屋に戻っていった。まだ乾いていないぬかるみを抱え、結花は孤独ではなかったと思う。

翌日、昼過ぎに空腹で目覚め、冷食でもないかと冷蔵庫のフリーザーを開けると、生ごみ用の袋に色鮮やかなバナナの皮が放り込んであった。由朗が食べて仕事に行ったのだろう。ストックが乏しかったので買い出しをかねて外食しようと決め、顔を洗いに洗面所へ行った。

鏡に映る自分を見て「んっ？」と声が出た。前髪をかき上げながらぐっと顔を近づける。「フィリピン産」というバナナのシールが額に貼ってあった。金色の、星とバナナを組み合わせたデザイン。

いやそういうことではなく、とつぶやいた。カイロと違ってただのいやがらせだ。でも、こっそり部屋に入ってきて、バナナの皮から剝がしたシールをそっと貼りつける由朗は、結花の勝手な想像の中で笑っていた。鏡面は結花の吐いた息で曇ってすぐに見えなくなり、目の中の星もぼやっと霞んだ。

〈冬〉眠れぬ夜のあなた

こんなにあっさりブロックされるなんて思わなかった。LINEのメッセージは既読にならないし、通話はつながらない。何十回目かわからないコール音を聞きながら呆然としている晴一を見たら、彩美《あやみ》はまた「いつまで無駄なことしてんの」と怒ったに違いない。晴一にはない、きっぱりした即断即決な気性が好きだったが、彼女のほうでは晴一の気弱な優柔不断さなど必要としていなかったようだ。

『やっぱ合わへんと思うしもう別れよ』というメッセージに気づいたのが深夜二時。電話をかけるには遅すぎたし、『今度ちゃんと話そう』と返信すると『無理、もうブロックするから』なんてにべもない答えで、まじかどうしようと考え込むうちに寝落ちしていたのだった。そして目が覚めたら遅刻寸前だったので慌てふためいて家を飛び出し先輩ディレクターのロケを手伝い、ようやく朝兼昼めしにありついて彩美のことを思い出した現在、午後二時。片手に箸を持ったまましばらく固まっていたが、打つ手などないのだった。いつもLINE通話だったので電話番号すら知らないし、住所勤務先も然り。逆に、こんだけうっすい個人情報しか知らんとよお半年もつき合っとったな、と感心してしまった。

今すぐ家に帰り、電気もつけずベッドに突っ伏して心ゆくまで落ち込みたかったが、この後社内でロケがある。気が紛れるという点で多忙はありがたく、晴一は再び箸を動かして食べるペースを上げた。

ロケは「上司の罵詈雑言《ばりぞうごん》に追い詰められる部下」のＶＴＲ撮影だった。パワハラ訴訟のニュース原稿に合わせる映像が乏しく、裁判所の画だけでは何十秒も持たせられないのでイメージ映像を挿入しなければならない。とはいえキャストはそれらしく見えれば誰でもいい。どうせ鼻から下だけしか映さないし音声も使わない。わざわざ役者を手配するまでもなく、会議室を借りて手の空いたスタッフに素人芝居をしてもらうだけのお手軽なロケだ。

「はい、オッケーです」

ディレクターの言葉にパワハラ上司役の中島がほっとした顔で額の汗を拭う。演技でも、机を叩いたり拳を振り上げたりの威嚇がいやだったのか「きついわ」とこぼす。この世の上司がすべて中島のような人間だったらパワハラで心を病む会社員など存在しないだろう。しかし業績が伸びる気もしない。部下役の局員は「中島さんめっちゃつらそうで笑いそうになりました」とけろっとしている。機材を片づけていると中島が「堤、きょう、オンエア終わりにちょっとええかな？」と小声で話しかけてきた。

「はい」

「ほな、七時半頃に自販機のとこおって」

何の用事だろう。個別の話し合いなど持ちかけられるだけで何やら胃がきりきりしてくる。


夕方帯のニュース中、東京からの全国ネット放送に切り替わる二十分ほどはひと息つける休み時間みたいなものだった。スタジオ前でケータリングのお菓子をつまむ結花に中島の件を打ち明けると「クビちゃう？」といともあっさり言われた。

「晴一さん今までお疲れ……ちょお、まじでへこまんとって、冗談に決まってるやん。契約の話やったら会社に言うてくるでしょ、何をびくびくしてんの。お菓子食べーや」

ハッピーターンの包みを剝いて勝手に口元へ持ってくる。

「おい、粉飛んだやん」

「ハッピーになれんで」

結花は晴一の四つ年下だが、業界歴は晴一より長いので一応「さん」づけで呼びつつ態度は完全にあっちのほうがでかい。新卒での就職がうまくいかず派遣会社に登録してみれば思いもよらないテレビ業界へ、という経緯こそ似通っているが、使い捨て上等のＡＤからＴＫというレアなポジションに移った結花は、晴一の目には「うまいことやったな」と映っている。勤務時間も定まっているし、真夏や真冬に重たい機材を抱えて外を歩かずにすむ。何より、番組内の見知った人間とだけで仕事が成立するのがうらやましかった。俺も女やったらTKすんのに……と一度ぽろっとこぼしたら尺管理のプレッシャーについて延々と説かれたが、正直な気持ちだ。大きなミスなくその日の放送とスタジオでの反省会が終わると、後片づけや打ち合わせをこなして七時半きっかりに自販機スペースへと赴いた。中島はすでに待機している。

「遅くなってすんません」

「いや、オンタイムやろ。何か飲むか？」

「あ、じゃあオロCで」

「もう寒いのに炭酸か、若いなあ」

中島は笑ってスマホの電子マネーで買ってくれた。

「あれ、携帯替えました？」

「ああ、六月やからもう結構経つで。落としてもうてな」

微糖の缶コーヒーを開けながら中島は「ちょっと相談があって」と切り出した。急に炭酸が鼻に抜けてきてつんとなる。

「……はい」

「そんな緊張せんでええよ。『アラサー』のV、堤も一本やってみいへんか」

「えっ」

『アラサー』はそのまんま『アラウンド30』というタイトルで、週に一回、十分ほどの企画コーナーだった。平成に入って早三十年、来年には元号が変わると決まっている。平成のスタートとともに生まれた子どもたちは大人になった今、時代の節目に何を思い、どんな人生を送っているのか。人にフォーカスしたミニドキュメンタリーのようなテイストで、ディレクターも同年代、という縛りで続けている。

「ぼく、昭和生まれですよ」

「何年？」

「六十三年です」

「そない変わらんやないか。いやな、池尻《いけじり》が進めとってんけど、震災企画のほうがだいぶ忙しなってもうてな、同時進行きついみたいで。堤、二年働いてまだ自分で一本完成させたことないやろ？　そろそろええんちゃうか思って」

どや、と訊かれて晴一は口ごもった。やりたいかやりたくないかで言うなら断然後者だ。

「もうVの作り方もわかってるやろ？　編集はしてるもんな」

カメラを回す、編集機やソフトを使う、それらは別にいやじゃない、が。

「『アラサー』ってプチ密着みたいな感じじゃないですか。ちょっと自信ないです。そもそも、相手の目星も……」

「あ、それは大丈夫。池尻がオファーしてOKもらってる人がおるから」

「そんな、忙しいから代打がきますなんて気ぃ悪いんちゃいます？」

なあ堤、と中島はすこし改まった口調になる。

「そこはちゃんとフォローさすから。ええ加減ちゃんと、作品って呼べるもんに挑戦してみいへんか？」

「はあ……」

「年のことはあんま言いたないけど、自分この仕事始めんの遅かったやろ。二十歳そこそこの子らにまじってADやってんのもつらないか？」

「あんま気にならないです」

それは本音だった。多少扱いは悪くても責任のない下っ端が楽でいい。

「三十五過ぎたらそんなん言うてられんて。何より周りが気ぃ遣う。ADとDやったら給料も違ってくんねんから、まあ一回やってみ。こっちもできるだけのサポートはするから」

うすうすわかってはいたが、意向を窺うようなふりをしてどうやら拒否権はくれないらしい。

「……わかりました」

「そうか、頑張ってな。オンエア日は多少都合つけるから、納得いくもん作ってくれ」

はい、と答えた声は我ながら気の抜けた炭酸みたいに締まりがない。手のひらの熱ですこしぬるくなったオロナミンCはひどく甘ったるかった。頼んだで、と肩を叩かれたのをしおにスタッフルームへ戻ると、結花が興味津々の顔で待っていた。

「どやった？」

「戦力外通告ではなかった」

駅前のマクドナルドでことの次第を話すと「よかったやん」と能天気に言われた。

「ちゃんと考えてくれてはんねんなあ、中島さんやさしいわ。うわべだけソフトでも中身クズな局員もおんのにな」

「誰の話やねん」

妙に熱のこもった口調だったので訊いてみると結花は「別に」とストローをくわえてとぼけた。

「ええやんデビュー作、『アラサー』やったら基本自分で回すんやろ？　カメラさんとかにぺこぺこせんですむし」

「却ってプレッシャーやわ。何回も通って人間関係作って本音引き出す……みたいなん、いっちゃん苦手やねん」

「彼女にインタビューの練習さしてもらえば？」

タイムリーな話題に一瞬ぐっと詰まったが、「別れた」と正直に白状する。誰かに吐き出して楽になりたい気持ちもあった。

「まじで？」

ポテトをつまんでいた結花の手が止まる。

「いつ？」

「きょう未明。別れたいうか振られてんけど」

「でも結構平気そうやな、晴一さんいっつもテンション低いから気づかへんかったわ」

「ショックに決まってるやろ、しばらくＵＳＪも海遊館もロケ行きたないわ」

「ふーん。でも、振られたとはいえ、一度は恋人同士になれたんやったらそれだけでも幸せちゃう？」

他人事やと思って、と抗議しようとしたが、結花が思いのほか真剣な眼差しを向けてくるので何も言えなくなった。半年は短すぎると思うが、どのくらいの期間なら十分だったと言えるのかよくわからない。晴一には結婚願望もなければ家庭を築くに相応な収入もない。つき合いたてのハイテンションなボーナスタイムを過ぎて、先が見えないだらだらとした関係を続けることを想像すると確かにばら色ではなかった。

「ま、やってみなわからんて。相手どんな人？」

「まだ資料見てない。池尻が許可までは取ってくれてる」

「ほな、最初のめんどいところはクリアしてるやん。アポ取んのとかしんどいもんね」

「うん」

電話で取材許可を取りつける、店の中にカメラが入っていいかお伺いを立てる、できれば顔出しでお願いできませんかと交渉する……すべて晴一の不得手な仕事だった。メールならまだ楽だが、どうしても急を要するから電話で、あるいは直接出向いてという場面が多く、そのたびに心臓がどきどきして手汗をかく。見知らぬ相手にいきなりそんな図々しい頼みごとをするなんて、と尻込みせずにはいられない。未だに「テレビ出られんねんから嬉しいやろ」という古代の感覚を持った業界人が案外いることは、自分が迷い込んでみて知った。そのくらいおめでたい図々しさがなければ勤まらないのかもしれない。

マクドナルドの前で解散すると、結花はすぐＪＲ環状線の福島駅に向かって歩きながら電話をかけていた。

「木南くん？　今福島おんねんけどミスド買って帰る？」

打ち解けた声だった。晴一としゃべる時よりいっそうくだけた親密な口調に、男おんねや、と思った。まったく恋愛対象にしていない女でも、彼氏がいるとわかるとがっかりするのはどうしてだろう。そして振り向いてほしいわけじゃないのに、「ほなね」と別れてどんどん遠ざかっていく背中を見るのは寂しい。晴一はいつも目を逸らすタイミングがわからなくてぼんやり立ち尽くしてしまう。

梅田まで歩いて阪急電車に乗り、南方《みなみかた》駅から徒歩十分のアパートに帰れば、下駄箱の上には彩美が買ってきたアロマの容器が置いてある。一階がラーメン屋なので、八畳のワンルームにとんこつスープの匂いが充満するのをいやがったのだった。細い口のついたびんにパスタみたいな棒を束ねて入れる——正式名称何やったっけ？　ふと顔を寄せてくんくんとかいでみても何の香りもしない。持ち込まれた当初は気恥ずかしいほどの芳香を放っていたのに、いつしか慣れて感じなくなり、香りが薄れていたことにも無頓着だった。晴一はパスタもどきを摑んで引っこ抜き、ごみ箱に投げ入れる。何ごみやろ、ええか普通ごみで。ていうかびんも捨てなあかん。ややこしいもん置いていくなや。

そもそも、あいつは「女子の家に簡単に入れると思わんとって」とか言うて最寄り駅さえ教えへんかったくせに、俺の部屋は気軽に使いやがって。洗面所の収納スペースを確かめると、一角を占領していた彩美のお泊まりセットが見当たらない。別れを切り出す前から冷静に準備していたらしい。女の用意周到さにまるで気づかなかった自分の鈍感さにも腹が立ったが、込み上げた怒りはすぐにずんと胃に溜まり、さっき食べたダブルチーズバーガーが消化不良を起こしそうになる。彩美はいつから自分を好きじゃなくなっていたのか、想像するとただでさえ弱い腹が内側から冷えた。早々に寝てしまいたかったのでシャワーを浴び、ベッドに転がってスマホをチェックすると池尻からＬＩＮＥが届いていた。晴一がピンチヒッターを命じられた『アラサー』の資料だったので、「ありがとう」とスタンプだけ返して枕元に放る。目を通すのはあしたでいいだろう。

なのに消灯して目を閉じた数分後に着信があった。

「……もしもし」

『お疲れ。資料見た？』

アナウンサーでもないくせに張りのある池尻の声は、聞くだけでＨＰを吸われる気がする。同い年で仲はいいほうだと思うが、人間としての型が違いすぎるとたびたび実感させられてきた。

「いや、きょうはもう疲れたから」

あからさまにどんよりした口調で答えたのに通話を切る気配もない。

『あ、そうなん？』

「え、ひょっとして急ぎ？　すぐ読んどかなあかん感じ？」

『いや、俺が眠気覚ましにしゃべりたいだけ』

「知らんわ」

『いやー、震災企画えぐいわ。素材だけはいやっちゅうほどあるし、正直毎年似たような話ばっかやけど、やらんわけにいかんもんな』

池尻がべらべらしゃべるものだから、晴一から切るタイミングを失った。

「どういう切り口なん」

『例年どおり。震災の教訓とか風化させんためにはとか、若い世代にどう伝えるかとか……震災の後に生まれたやつらがもう就職してんねんもんな』

当時七歳だった晴一にも大した記憶は残っていない。実家は大阪市内で、もちろんびっくりするほど揺れたが停電もほんのわずかな時間だったたし、鮮明なのは家じゅうの片づけに追われていた両親の姿だ。大変な災害、という認識とは別のところで、個人的な思い入れは薄い。こんなにあっけらかんと語る池尻にしたって似たようなものに違いない。

『構成して原稿書くと思ったらゲー出そう』

また、ナレが三木さんやし、と池尻は聞き慣れない名前を口にした。

『初めて組むから勝手がわからんで緊張するわ』

「三木さんて誰？」

『東京に出向しとって、この春からこっち戻ってきた女子アナ。よお定時ニュース読んででんで。夏は戦争もんのナレーションもしとったし。知らん？　四十過ぎで、背ぇ高めの美人系』

「ああ……何となくわかった」

すこしきつい顔立ちの怖そうな女、という印象しかない。晴一みたいな冴えない下っ端が話しかけても挨拶すらしてくれなそうだ。

「東京出向って、東京でアナウンサーやってはったん？　それとも記者？」

どちらにしても優秀さを買われたのだろうと思ったが、『一応記者』と答える池尻の声は笑い含みだった。

『有名な話やけど、ほら、去年死んだ村雲さんておるやろ、あの人と不倫して飛ばされたんやて』

「まじでか」

村雲清司の姿を社内で見たことはない。が、顔と声は大阪で生まれ育った人間なら大体知っている。週刊誌に載るようなゴシップが急に身近なものに感じられ、晴一はほんのすこし興奮した。

『十年くらい前で、当時はめっちゃ修羅場やったらしいで。俺、学生バイトやったからよお知らんけど』

「美人やもんな」

『そんなん言うたら彩美ちゃん怒んで』

「もう別れた」

『え、いつの間に？』

結花に語ったのと同じ説明をすると特に同情も示さず「また合コンしよや」とむしろ楽しげだった。

「しばらくええわ」

『まあそう言わんと……何の話やったっけ？　せや、「アラサー」やな。あんな、並木《なみき》広道《ひろみち》さんいう人、芸人』

「知らんなあ」

『テレビとかコンテストに出る感じちゃうな、おもに病院回って子どもら笑わしてんねん』

「へえ」

病院で大道芸やちょっとした手品を披露する「クリニクラウン」というピエロを取材する中で知り合ったのだという。

「ほな、その人もお手玉とか輪っかジャラジャラとかすんのか」

『いや、漫才。相方は腹話術の人形』

その時、晴一の頭に浮かんだのは『関西電気保安協会』のCMだった。妙に素人くさいのが（実際素人らしい）笑えて「かんさいでんきほーあんきょうかい」のフレーズは耳に残る。

「おもろい？」

『んー……まあまあかな。子ども相手にそんなどぎついネタもやられへんしな』

「それで食うていけるんかな」

『病院は基本ボランティアで、営業に行くことはあるけど交通費程度の収入やて。でも、本人は大学出た後外資の投資ベンチャーか何かに勤めて、数年でえらい稼いだからしばらくは困らん言うとった。ある日突然会社辞めて、芸人の養成所入ってそのまま事務所所属で人形とコンビ組んで……経歴だけでおもろいやろ？』

「まあな」

『アラサー』が取材するのは有名人ではなく、「身近にいる意外なプロフィールの人」がコンセプトなので確かに目のつけどころとしては悪くない。心配なのは「意気投合して取材頼んだらOKしてくれて」と池尻が話している点だ。

「お前相手やから受けてくれたんやろ。俺がのこのこ行っても断られへんか？」

『いや大丈夫、俺から言うといたよ。あ、そうですかって反応やったわ。こっちの取材終わったら一杯おごらしてくださいってフォローしといたし、ええ人やから』

池尻にいい顔を見せたからといって「ええ人」とは限らない。割を食うことの多い晴一はとても安心できなかったが、こいつに訴えたところで理解されないだろうし、もう引き受けてしまったものは仕方ない。せめて「俺にもおごれよ」と要求した。

「ボーナスもうすぐやろ、ビッグマックくらいの厚さの札束もらうんやろ」

『そんなわけあるかい、ほなまた会社で』

おごる約束はせずにさっさと会話を打ち切ってしまった。抜け目のないやつだ。そして池尻は、自分の抜け目なささを愛嬌でコーティングして周りに許されているのをちゃんとわかっている。晴一だってところどころでいらっとさせられるが本気で腹は立たない。得な性分だ。そして自分は損な性分だ。晴一が並ぶレジはどんなに吟味しても断トツで進みが遅いし、友達と教師の悪口を言い合えば本人の耳に入って叱られるのは晴一だけだったりする。池尻みたいなやつには、生まれつきその手のちいさな不運を回避する能力が備わっていると思う。スマホを掛けぶとんの上に置いて目を閉じた。

きょう、食堂の入り口の掲示板に労働組合のビラが貼ってあった。なにわテレビの労組だからもちろん晴一とは無関係なのだが、つい足を止めたのは「冬の一時金に関して」というでかい見出しに目が吸い寄せられたからだ。経営陣への不満や批判は正しいのかどうかわからず、晴一に理解できたのは、局員は何百万ともらえるんやな、ということだけだった。

月々の給料だって下請けには目がくらむ額をもらっているだろうに。池尻がぽろっと「今月は残業多かったから手取りで七十超えた」と漏らした時の驚きは忘れられない。晴一の三ヵ月ぶんより多い。

なーにが「そんなわけあるかい」や。池尻のとぼけ方がすこしむかついたが、やつはやつの能力で高倍率を突破し高収入の仕事に就いたのだから、漫然と生きてきた人間にたかられる筋合いもない。晴一は物欲が薄いし、服はユニクロのセール品、食べるものは基本的にコンビニか局の食堂、外食時はファストフードかチェーン居酒屋でクーポンを駆使する。彩美とのデート代がかさんだ月はカロリーゼロのコーラで腹を膨らませて食事を抜き、結構なダイエットになった。「ただでさえ貧相やのに余計みすぼらしく見えんで」と結花には不評だったが。手取り二十万弱、ボーナスなし貯金なしでも生活に困っているという感覚はさほどない。年を取って健康じゃなくなったら、仕事にありつけなくなったら――そんな不安を、今もてあそんだところで何になる。せめて、コンビニのレジで年寄りの店員に当たったら、多少もたつかれても愛想よくするようにはしていた。それはいつかの自分の姿かもしれないと思うから。ああ、でもコンビニバイトって地味に有能やな、あんなやることいっぱいあんねんから。自分がレジの内側に入っても、煙草の銘柄にまごついて「いやそれちゃう、隣や言うとるやろ！」とどやされる光景しか想像できない。

先のことなど何ひとつわからないが、漠然と「詰んでんなあ」とは感じる。家賃が払えないとか電気を止められるとか、本当の「詰み」に向かって緩やかに坂を下り続け、これが上り調子になる日などこないという確信があった。実家の両親も、エレベーターのメンテナンス会社に勤める男と結婚した四つ下の妹も、特に裕福ではない。自分はこうして、うっすら貧乏なまま人生を閉じていくんだろう。今現在の人生がしょっぱいことよりも、そのしょっぱさの塩抜きを永遠にできなそうだという、塩漬けから抜け出せない見通しのやるせなさが不意に襲ってくる。

同じ屋根の下、同じフロアで働きながら、池尻を始めとする局員たちは別世界の住人だった。食堂で同じめしを食い、同じケータリングをつまんでも、人生で積み上げていく富や経験の差は計り知れない。アマゾンやアップルのてっぺんにいる連中は想像も及ばない異次元の存在だが、時折垣間見えてしまう「勝ち組」の世界の遠さはリアルだった。「格差」というシンプルな言葉は、その隔たりへの空しさ、侘しさを今いち表しきれていない気がする。

……いらんこと考えてたら、目ぇ冴えてきたな。池尻が電話なんかしてくるから、とため息をついてまた携帯を弄る。

送られた資料をタップして開くと、内容は池尻から聞いた話とほぼ変わらなかった。口元がぱかぱか動く仕様のピノキオみたいな人形を抱えた宣材写真が載っていて、加工を差し引いてもいい男だった。発光しとんのかというくらい白く輝く歯がしょぼつく目にしみる。プロフィールを見ると晴一が何度生まれ変わっても受からないだろう大学を出て、日経新聞でよく見る外資の企業（何をやっているところなのか訊かれると答えられない）に勤めたのち芸人に転身、と簡単に書いてある。芸人としての実績は特になさそうだ。簡素極まりないプロフィールからは、事務所も大して力を入れていないのが窺えた。とはいえいつ何が当たるかわからない世界だ、そのうちブレイクして外資企業以上の収入を得るのかもしれない。こういうやつには相応の見返りが巡ってくるようになっている。多少の波はあっても人生ゲームの要所要所でおいしいマスに止まるだろう。並木広道からはそんな「陽」のオーラを感じた。

事務所を通じて取材日をブッキングし、本人と対面したのはその三日後だった。豊中の病院で子どもたちにネタを披露するというので、小型のハンディカメラと三脚だけ携えて会いに行った。助け船を出してくれるディレクターも、必要な画を押さえておいてくれるカメラマンもいないプレッシャーで、軽装のロケに反比例して気は重い。『アラサー』は「ＹｏｕＴｕｂｅみたいな」というコンセプトで、あまり作り込まないルールになっている。撮影はハンディかスマホ、極力マイクは使わず、台本もがちがちに固めない。できるだけコストを抑えたいという台所事情はさておき、あくまで同世代の人間同士が自然な対話を重ねるうちにふと本音や新しい表情を見せてくれる瞬間を捉える、というのが企画の趣旨だった。今どきは売れっ子ＹｏｕＴｕｂｅｒのほうが景気よく人も機材も投入するし、技術や台本に頼らないぶんディレクターの人間力が求められるので晴一にはハードルが高い。いっぱしのディレクターとして自分らしいＶＴＲを作りたいなんて意欲があろうはずもなく、デパ地下の催事で駅弁ランキングでも撮っているほうがはるかに楽だった。

岡町駅の改札口には大きなボストンバッグをぶら下げた男が立っていて、晴一は慌てて小走りになったが、急いだせいで自動改札機にＩＣＯＣＡが引っかかり、エラー音が鳴る。何でこんな時に、ではない。こんな時につまずくよう設定された人生なのだ。

「すいません、遅くなりました。『ゆうがたアンテナ』の堤です」

「ああ、初めまして」

感じよく笑った顔やさりげない会釈の角度は、芸人というよりやり手の営業マンに見えた。マンションとか高級車あたり。そつのない雰囲気に早くも気後れを感じる。同世代として話が弾む共通項など見つかりそうにない。あたふたと名刺を差し出すと「ぼく、名刺なくてすいません」と言いながら丁寧に財布にしまった。

「申し訳ありません、池尻がちょっと他の仕事で都合つかなくなりまして、ぼくが急きょ引き継がせていただくことに」

「あ、はい、伺ってます。むしろわざわざ代打立てていただいて恐縮です。ぼくなんかつまらん人間ですから」

「いえいえ……これから病院のほう向かわれるんですよね。カメラ回させてもらっていいですか？」

「どうぞどうぞ」

「わかりきってること訊く時もありますけど、そこは視聴者への説明ということで、お答えいただけると嬉しいです」

「わかりました」

歩く広道の隣で歩調を合わせカメラを構える。

——きょうはこれからどちらに？

——M病院へ。子どもたちのお楽しみ会みたいのがあるんで。

広道が提げているボストンバッグにカメラを向ける。

——それがパートナーですよね。

広道は頷きかけたが不意に笑顔を引っ込め、立ち止まった。

「あの、最初やし、きちんと言わせてもらいますね。面倒なやつやと思われたらすいません。取材キャンセルでもええので」

「あ、はい」

慌ててカメラを下げる。シリアスな顔をされるだけで全身が強張り、心臓がどくどく鳴り出す。広道はファスナーをすこしだけ開いて中身を晴一に見せた。もの言わぬ人形のまん丸い目が現れると、わかっていても妙にぎょっとさせられる。

「ただの人形なんですけどね、ぼくにとったら大事な相方なんで『それ』って言うんはやめてもらえますか」

「あ、はい、はい。失礼しました。すみません」

ヒートテックの下でじわっと汗がにじむ。晴一は叱責が苦手だった。得意な人間もいないだろうが、些細な注意でも、自分という人間そのものにNGを出された気がしてうろたえてしまう。そしてその場を取り繕うことだけに必死になり、かんじんの改善点が頭に入らず同じミスを繰り返すのもしばしばだった。とにかく機嫌を直してもらわなければとカメラ片手にぺこぺこ頭を下げていたら、広道は「いや、そんなガチトーンじゃなくて」と今度は困惑した表情を見せる。「次から気をつけます」とうまく収められずにその場の空気を気まずくしてしまうのもよくやる失敗だった。

「行きましょうか。あと、ＶＴＲの組み立てに関して口を挟むのはあれかもしれませんけど、堤さんから『パートナーですよね』って振ってもらうより『ところでかばんの中身は……』みたいに質問するほうが、見てる人も興味持ってくれるんちゃいますか？」

「あ、そうですね、そうします」

間髪《かんはつ》を容《い》れずに賛成してから「そっちと迷ってたんです」と言い訳する。

「でも、当然知った上で取材さしてもらってるじゃないですか、何かわざとらしいかなっていう気持ちもあって……」

「なるほど、じゃあやっぱり最初の感じで」

「いえいえ、話してくれる人にストレスないんが一番ですから」

ああもう、やっぱあかん。出会って一分でしどろもどろや。向いてへん。自分への苛立ちはパチンコ玉みたいにあっちこっちへぶつかり、何気ない発言を聞き咎めた広道にも向かう。何やねん。人形は人形やろ、「それ」でええやんけ。いい年した男がきっしょいな。もちろん口には出さないし、生来下がり眉の、結花などに言わせると「負け顔」だから内心で毒づいても悟られたことはない。最初のやり取りを撮り直す。

――ちなみに大きなかばんの中には何が入ってるんですか？

――何だと思います？

すっかり水に流しましたよと言わんばかりに広道はからりと笑う。

——手品の小道具とか……。

——まあ、近いものはありますね。ぼくの漫才の相方がいてるんです。

自然な会話ができたと思う。驚いたのは、広道がカメラに対していっさい違和感を覗かせず自然にしゃべることだった。密着系の企画で重要なのは、取材対象者にいかにカメラという異物に慣れてもらうか。妙にカメラ目線でも、逆に視線を逸らしてばかりでも視聴者は気になって入り込めない。芸人としての経験ゆえか、それとも生まれつき物怖じしないスター気質なのか。何となく後者だという気がした。

駅から十分ほど歩いて病院に着くと、まずは事務室で取材についての注意事項が延々続いた。池尻は「病院にも許可取れてるから」と軽く言っていたが、事前のOKと現場でのOKは往々にして誤差が大きい。カメラが入っていいのは広道がネタをする五分間のみ、子どもの顔や名前がわかるものはすべてモザイクを入れる、インタビューを撮る際は個別に保護者の許諾が必要……こまごま確認したはずなのにオンエアしてから「聞いてない」と抗議がくることも日常茶飯事なので、念には念を入れなければならない。OKのラインを具体的に詰めるのも苦手な仕事だった。向こうの要望を丸呑みすると「何も撮られへん」という事態になりかねないし、かといって取材させていただく身でわがままも言いづらい。うまいディレクターは相手の気分を害さずぬるっとオーダーを通してしまうのだが、そんなノウハウが晴一にあろうはずもない。幸い、広道が間に立って「ぼくからもお願いしますから」「顔出し好きなお母さんもいてますし」と逐一フォローしてくれた。

カラフルな折り紙やコラージュで飾られたレクリエーション室で、晴一は子どもたちの後ろから並木広道の漫才を見た。

「みなさんこんにちは！　広道お兄さんです。みなさんね、毎日病院で頑張ってるね、きょうはお兄さんがここにいるゆうたくんと一緒にお話しするから聞いてくれたら嬉しいです」

盛大とはいえない拍手（いちばん頑張って手を叩いているのは看護師だった）の中で広道が胸に抱えた相方――ゆうたくんの背中から手を入れ、口を動かす。同時に甲高い作り声でゆうたくんは「まいどっ！」と言った。

「ねえねえ、広道お兄さん」

「どないしたんやゆうたくん」

「今井《いまい》さん、きのう彼氏にシュークリーム食べられてガチギレしたらしいよ」

子どもたちの視線が端っこに立っていた看護師の女の子に注がれ、笑いが起こる。恥ずかしそうにかぶりを振っている彼女が当の「今井さん」なのだろう。なるほどうまいな、と感心した。子どもはたいてい学校の先生だとか内輪のネタが好きで、しかも外部からイジられると遠慮なく笑える。

「こらゆうたくん、何を言うとるんや」

「せやからけさの採血、若干荒々しかったらしいで。十ccでええのに洗面器一杯ぶんくらい抜いてもたて」

「あかんあかん」

「でも耳の穴から戻したから大丈夫」

「めっちゃ怖いやん」

かわいいキャラクターに少々ブラックなことを言わせるやり方は特に目新しくもなく、声色を使い分けるぶん応酬のテンポもどうしても鈍くなる。はっきり言って大人が見て面白い、金を取れる漫才ではないと思ったが子どもたちはそれなりに楽しそうだったし、五分間やり終えて額に汗を光らせた広道の笑顔にはカメラ映えする輝きがあった。病棟の外のベンチで再びインタビューを始める。

――相方のゆうたくんとはいつ出会ったんですか？

――これが割と古いつき合いで、大学一年やったかな、たまたま通りかかったリサイクルショップで見つけて引き取ったんです。何かぴんときて。芸人になりたいって考えた時、相方はこの子以外おれへんなと。

――運命の出会いやったんですね。

――そうです。

――子どもたちの前で漫才するのってどうですか？

――楽しいですよ。きょうの子らはあったかいほうですね。終始シーンとしてることも多いですから。

――そういう時、いやにならないですか。

――ならないです。ふだんの治療とか検査で、ぼくよりはるかに苦労してるでしょ、そんな子らに愛想笑いせえとはよお言いませんもん。

ベンチからは、病院の敷地内にある遊歩道と、いちょうの並木がよく見える。温暖化の影響なのか、もう十二月になろうというのに金色の葉をたっぷり繁らせ、午後の陽射しに輝いて遠くからでもまぶしい。インサート映像用によさそうだと思った。これといって使うあてがなくても、美しい風景は何かと便利なので押さえておいて損はない。

「並木広道って、ええ名前ですね」

話の流れ的には唐突だったが、ふと口にした。

「ありがとうございます」

「広道っていうのは誰がつけたんですか？」

「あ、自分です」

「え？」

「芸名なんですよ」

広道は照れくさそうに言った。

「まあ、こんな売れてない身でって感じなんですけど……あ、本名は非公開なんで、よろしくお願いします」

オフレコでも明かす気はないということか。晴一はやんわりと拒絶された気になった。LINE程度の個人情報しか知らないまま別れた女の傷がまだ癒えていないからだろう。しかし「えー、オンエアしないから教えてくださいよ」と懐に飛び込んでいくだけの度胸もないので「そうなんですね」と受け流して質問を変えた。広道の傍らではボストンバッグに収まったゆうたくんが静かにやり取りを聞いている。

「普通やな」

その日回したテープを見せながら同じ会社の先輩ディレクターにざっと報告するとそんなコメントが返ってきた。

「普通……ではないと思いますけど」

「いやまあ普通言うたら語弊あるけど、エリートサラリーマンが転身する話なんかありふれてるやん。離島に移住とか農業始めるとか。もうちょいフックのあるエピソードないん？何で病院で漫才やってんのとか訊いたか？」

「きょうは時間切れでそこまで突っ込めてないです」

「ほなこれからもっと関係作ってからやな」

「池尻の話では、テレビで見たクリニクラウンに憧れて、らしいです」

「ふーん」

孫の手の先端を揉み玉に変えたマッサージ道具で肩甲骨をぐいぐい圧しながら「それも弱いなー」と一蹴する。

「何かないん、他に。自分も子どもの頃に大病したとか家族が死んでるとか」

それこそベタベタのエピソードだ。矛盾しとるやんけ、という悪態を隠して「取材でああたってみます」とだけ答えた。報道フロアの編集ブース前を通りかかると池尻がいたので「お疲れ」と声をかける。

「よう」

「きょう行ってきたで、並木さん」

「ええ人やったやろ？」

「ええ人やったけど、先輩からエピソード薄いって言われた」

「はは」

池尻はひっくり返るんじゃないかと思うほど椅子の背もたれを倒して笑った。

「何やねんなあって思うよな、人の人生に薄いとか、何さまやねん。大体、リアルっぽくとかドキュメンとかいうくせに、いざそのまま撮ったら要素足らんとかもっと何かないんかとかトッピング要求してくるやろ、ラーメン屋ちゃうわ」

毒を吐いているようでいて、その実諦めの口調だった。まともにVを作るのが初めての晴一と違い、池尻は「そういうもの」だと悟っているのだろう。カメラの前で意図せずあらわになったように見える喜怒哀楽の多くは演出、誘導されたシーンだ。料理の下ごしらえをするように、欲しい画に合わせてある程度取材対象を動かさないとVはできない。ＹｏｕＴｕｂｅならひたすらめしを食っているだけの動画が何十万回と再生される場合もあるが、テレビは違う。決定的瞬間でも美しい風景でもなく「人間」を撮る時、ありのままなど許されない。

「池尻は、何であの人に取材しようと思ったんや」

「面白そうやったから」

「その面白味が足りん言われててんねん」

「十分の尺、持たせられへんほどではないやろ。見た目シュッとしてるから画的にはいけてるし、あの人頭ええし、芸人やろ。こっちの求めるものにサービス精神で応えてくれてスムーズにいくかなって予感がしたから」

まあ、そのうちおいしい場面も撮れてくるやろ、と適当に請け合って池尻はパソコンに向き直る。机の上にエナジードリンクの缶が三本もあって忙しさが伝わってくる。高給もらえてもこの仕事は無理やな、と思った。もし、自分がテレビに取材されるとしたら、どんな切り口だろう。低所得、派遣、独身、向上心のない若者……いや、もう若者も図々しいか。ネガティブ要素でピックアップするにしてもつまらない。何も訴えかけるものがない。マイナス方向でももっと華のある人間がいくらでもいるだろう。そんな自分が、他人にフックを求めるなんておかしな話だ。ドラマやストーリーがある人生なんてそうそう転がっていない。自分の人生は自分が主役とかナンバーワンよりオンリーワンとか、聞こえのいい言葉を吐くやつだって結局そのフレーズを広く発信できる立場にいる勝ち組なのだから。

カメラの向こう、スタジオの照明の真下にいる人間を見れば見るほど、晴一は自分が指先から透明になって消失していく気がした。本当にそうなら楽でいいのに、といつも思った。

「すいません、なにわテレビの『ゆうがたアンテナ』なんですけど……」

控えめにマイクを差し出すと、先端に病原菌でもついているかのようにさっと避けられる。

「今ちょっとお時間いいですか」という決まり文句さえ最後まで言わせてもらえず、晴一の強ばった愛想笑いだけが取り残された。

「きょうはまた打率低いなー」

カメラを回している後輩ADにへらへら笑いかけてみても「はあ」と呆れ気味のそっけない相槌しか返ってこない。お前やってみい、と言いたくなったが十歳近く年下の新人からパワハラ認定されかねない。街頭インタビューは、何ひとつ得意じゃない業界の仕事の中でも特に嫌いなもののひとつだった。ちゃんと名乗っているし、番組ロゴが入っただサいジャンパーも着ているのに、近づく気配を見せるだけで通行人は晴一を大きく迂回し、「何やの」とにらまれたり「あかんあかん、やめろ」とカメラの前に手のひらをかざされたりする。お前なんか映さへんわアホ。東京より大阪のほうが応諾率はいいと言われているが、晴一は街録に楽しい思い出がひとつもない。遮るもののない歩道橋に梅田のビル風が吹き抜けると、ぺらぺらのジャンパーの生地など何の防御にもならず骨から冷える。大阪駅前を蜘蛛の脚のように跨ってつなぐこの歩道橋、あるいは天神橋筋商店街、京橋の駅前。街録でおなじみの、人通りが多い繁華街でもなぜかうまくいかなかった。夜だと酔っ払いに絡まれてえらい目に遭ったこともある。早よアンケート取って帰らな、と焦れば焦るほど誰にあたっても空振りで、行き交う人々が全員はぐれメタルに見えてきた。さっと逃げるか、つめたい一瞥を置き土産に逃げる。どっちにしても晴一にはなすすべがない。自分が、じっと座ってうなだれているホームレスのおっさんよりみじめな存在に思えて、投げ出したくなる。こんなジャンパーー今すぐ脱いで下の車道に投げ捨てたい、そして次々とやってくる車に轢《ひ》かれていくのを見下ろして溜飲を下げたい。暗い妄想に逃避しそうになっていると、背後から「堤さん」と声をかけられた。

「何してはるんですか？」

振り返れば、ボストンバッグを提げた広道が阪急百貨店の方から近づいてくる。

「あ、どうも……」

いやなところを見られた。晴一はなるべく目を合わせないよう会釈する。

「街頭インタビューですか？　テレビの仕事って感じですねえ。ちなみに何の調査ですか？」

「好きな鍋です」

「シーズンやなあ」

何がおかしいのかからからからと笑う。

「何人に取るんですか？」

「百人です。他の場所にいるスタッフと手分けしてなんで、ぼくのノルマは二十五なんですけど」

「へえ、今の進捗は？」

「三、です」

冴えない状況についてはきはき尋ねられ、公開処刑されている気分だ。早よどっか行ってくれ。しかし広道は立ち去るどころか「あ、じゃあぼくも答えていいですか？」と愛想よく片手を挙げた。

「好きな鍋は水炊き……こんだけでいいんですか？　あ、テロップつける時は二十代お笑い芸人でお願いしますねー」

広道の明るさにつられて暗い顔をしていたＡＤも頰を緩める。

「助かります、ありがとうございます」

「あ、でも取材受けてる人間が答えたら駄目でしたっけ？　やらせに思われます？」

「いえ、集計はしますけど、実際放送に乗せる人ってせいぜい五、六人なんで」

「ならよかった。堤さん、ちょっとそのジャンパーとマイクお借りしていいですか？」

「え？」

「三分でいいんで」

ほらほら、と強引に上着を剝ぎ取られてしまった。広道は「ゆうたをお願いします」とボストンバッグを押しつけ堂々とあたりを闊歩し始めた。

「堤さん、いいんですか？」

ADが心配そうに尋ねる。ええわけないやろ。慌てて後を追うと、早くも大阪駅の御堂筋口から上がってきた若い女のふたり連れに声をかけていた。

「すいませーん、なにわテレビの者ですー。今ちょっといいですか？　あ、カメラさんお願いします」

完全にディレクターみたいなそぶりでADを手招きし「きょうは寒いですよね」と快活に話しかける。

「そうですね」

「寒い季節ってやっぱ鍋ですよね、鍋好きですか？」

「好き」「食べたい」といい反応が返ってくる。

「どんな鍋好きですか？」

「えー……しゃぶしゃぶかな」

「わたし、チゲ」

「あー、いいですねえ、からいやつ。すいませんお時間取らせまして。きょうの『ゆうがたアンテナ』よかったら見てくださーい」

「え、うちら映ります？」

「いやーそれはもう、オンエア見てのお楽しみいうことで……」

たちまち二名ぶんの回答をゲットすると「次行きましょか」と物色を始めたので「いやいやいや」と制止した。

「ありがとうございます、でももう結構ですんで」

「いや、あと五人……三人、やらしてもらっていいですか？　こんなん言うたらあれですけど、堤さん声かけんのめっちゃ苦手でしょ、かなり手こずりそうですやん。よかったらぼくのやり方参考にしてください」

「や、そういうわけには……」

晴一の頭の中にあったのは、プライドでも良心でもなく「上の人にばれたら怒られる」ということだった。おろおろとADを振り返ると気まずそうに視線を逸らされる。最終決定を委ねられても困ると思っているのだろう。お願いするか自力で頑張るか。決断しかねてためらう晴一のセーターの内側を風が通っていき、背中がすうすうした。この寒い日に汗をかいている。

「ほなこうしましょう」

またもや広道が提案した。

「ぼくが話しかけて、質問は堤さんの担当。後ろに控えとってください。それならギリセーフでしょ、ねっ」

セーフのラインなどわからなかったが、広道の笑顔にはつい寄りかかりたくなる安心感がある。結局、申し出どおりにまず広道が気さくに接触してから晴一がおっかなびっくり本題に入る、という騙し討ちみたいなやり方で街録はさくさく進んだ。さっきまでの苦戦が嘘のようにすんなりノルマを果たし、晴一は深々と頭を下げる。

「ほんますんません、ありがとうございました」

「いえいえ楽しかったです」

知らない人間に話しかける行為にストレスを感じないのだろうか、広道の笑顔は終始晴れやかだった。

「堤さん、まじめすぎるんですかね。めっちゃ真顔やから、面倒なこと訊かれるんちゃうかって相手は身構えてまうんですよ。もっと気楽にやりましょ」

「はあ……」

それが簡単にできたら苦労はしない。自分はまじめなんじゃない、不まじめで要領も悪いから何をやってもうまくいかない。マイナスとマイナスをかけてプラスになるのは数学の世界だけだ。広道は屈託なく「今、カメラ回しとかんでよかったですか？」と尋ねてくる。

「え？」

「密着の」

「絶対怒られますよ」

よほど情けない顔をしていたのだろう、広道が吹き出した。

「冗談ですよ、ほなお疲れさまでした。あ、よかったら今度ＤＶＤ送ってください」

広道が阪神電車の連絡口に消えていくと、ＡＤが「あの人これから旅行でも行くんですか」と言う。

「いや、営業やと思うけど」

「ボストンバッグ持ってたじゃないですか」

「ああ、あれは……」

相方、と答えるとＡＤは変な顔をしていた。バッグは案外ずしりとして、ゆうたくんの体重は一キロくらいありそうだった。もちろん本物の子どもとは比べものにならないけれど、抱えっぱなしでしゃべるのはなかなか大変だろう。つくづく変な男だと思った。

オンエア終わり、社員食堂で晩めしをすませていると、中島がやってきた。

「きょうな、嫁はん同窓会やねん。ここでさっさと食うて帰ろ思て」

「あ、そうなんですか」

気の利かない相槌以降話を広げられず、四人掛けのテーブルで向かい合って黙々とカレーを食べていると、不意に「どや」と水を向けられた。

「はい？」

「『アラサー』のロケ」

「ああ……ええ人なんで助かってます」

「そうか」

まさか街録のヘルプまでしてもらったとは知る由もない中島はほっとしたように相好を崩した。

「よかったなあ、こればっかりは運とか相性やもんな。ええVできそうか？」

晴一はぬるい水を飲んで「いやあ……」と言葉を濁す。

「自信ないです」

「最初はみんなそうやで」

「自信ある日がくるとは思えないんですよ」

「それもみんなそうやて」

かつんかつん、と浅いプラスチック皿ごと掘るようにカレーを次々口に運ぶと、中島はなぜかうっすら寂しげな表情になる。

「若いんやから何でもやってみたらええやん、て思うけど、そんな年寄りの気持ちがわかれへんのが若さということやもんな」

「若くないすよ」

「きみが若くなかったら俺なんかどないなんねん。……何もできへんのに何でもやれなんて、無茶やって思うやろ。でもある程度経験積んで賢くなったらな、今度は若い肉体がないっちゅうことの不自由さがのしかかってくんねん。嚙み合わへんな」

「はあ……」

そんな話より、肉の繊維が奥歯に詰まっているのが気になって仕方ない。

「ま、デビュー作楽しみにしとるから」

「そんな大げさなもんちゃいます」

よ、まで続くはずだった言葉は、中島の、おっかなくも鋭くもない視線になぜか塞《せ》き止められた。

「十分て、たいそうやで。二十四フレーム、一秒、一分、三分、五分……十分尺のもん作るて、えらいこっちゃ」

合いの手を入れるように中島のスマホが卓上でピロリンと鳴った。手に取った中島は途端に「あ」と気まずい顔になる。

「娘からLINEや。どないしよ、きょう晩めし作ってくれるみたい」

「約束してたんですか？」

「いや、気まぐれに思いつきよったんやろ」

「うどん一杯しか食うてへんし、帰って普通に食べれるでしょ」

「若いなあ、その感じ」と中島は苦笑した。

「せめて、腹減らすために家まで走って帰るとかはどうですか」

「あかん、それはトラウマがあんねや」

「はあ……」

よくわからない。ほなお先、とトレイを持って立ち上がり、中島は「密着の相手ともこうしてめし食ったらどないや」と提案した。

「ベタやけどな、一回飲んだらぐっと距離縮まるで。飲みニケーション、とか言うとまた老害扱いされるかな」

「それって、カメラ回したほうがええんですかね」

「関係性によるわな」

どっちとも取れる答えだったが、すくなくとも中島の顔には「そんなもん当たり前やろ」と書いてあった――ような気がした。関係性なんてあいまいな言葉は苦手だ。自分が勝手に思っている「関係」と相手のそれが完全に一致しているほうが稀だろうに。それでも、お礼がてら広道にＬＩＮＥを送り「お世話になりましたので今度食事でも」とタイムリーな口実で誘うと「嬉しいです」と返ってきてほっとした。


二日後、中津の安い居酒屋で落ち合い、思いきって「あの、カメラ回していいでしょうか」と切り出した。

「ああはい、どうぞ」

何を今さら、と言いたげに広道は頷いた。晴一があれこれ心配するまでもなく織り込みずみだったのかもしれない。

ほっとしたのも束の間、ひと通りオーダーした後、店員に「店長さんはどちらですか」と訊いただけで「ああ？」と喧嘩でも売られたような対応をされた。

「今、奥ですけどぉ、何かありましたぁ？」

クレームを警戒しているのかもしれない。

「いえ、ちょっと店内でカメラ回させてもらってもいいでしょうか、と」

「はあ……訊いてきますけど」

余計な仕事を増やすなと言わんばかりのだるそうな足取りで店員が厨房に入っていくと、頭にタオルを巻いた中年の男が出てきて「ＹｏｕＴｕｂｅとかお断りやで」とつっけんどんに告げた。

「あ、いえ、違います」

番組名と企画の趣旨を説明しても聞いているのかいないのか「ふうん」と顎先に目がついているような仕草で晴一を見下ろし「見たことないけど」と言う。いつも思うが、「見たことある」より「見たことない」のリアクションをする時、なぜかみんな愉しげだ。

「撮るんやったら、この店ん中におるお客さん全員に許可もらってくれや」

「えっ……あの、基本的にはこの人しか撮らないんで」と壁を背にして座る広道を指差した。

「他のお客さんら映るようなことはないですし、万が一入ってもたらモザイクかけますんで」

「いや、でも音とかかねえ……カメラ回ってるいうだけで気ぃ散るお客さんかておるやろし」

理由など、どうにでもいくらでもこしらえるに違いないと思った。何が何でもこっちの希望を叶えてやりたくない、という意地の悪さを感じ、晴一は「すいません、そういうことでしたらもう結構です」と引き下がるしかなかった。店長は勝ち誇ったように肩をいからせながら厨房に戻り、なりゆきを静観していた広道が「ええんですか」と声をひそめた。

「何やったらぼく、交渉しますよ」

はなから広道に頼めば店長の態度ももうちょっと人道的だったかもしれない。そう考えた時、晴一が疎ましく感じたのはなぜか広道のほうだった。こんな日向の人間がおるから、俺はますます日陰で凍えるばっかになるんや。精いっぱいの笑顔で「いいですいいです」と取り繕った。

「最初にお願いするべきやったのに、迷惑かかれへんやろって甘く見てたぼくが悪いです」

「店、変えましょうよ」

「いえ、もう注文してしまいましたし」

言った側から生中がふたつ運ばれてきた。

「あ、ほら。変な空気にしてもうてすいません、とりあえず飲みましょ」

まだ不服げな広道とジョッキを合わせ、気恥ずかしさをごまかすために晴一はぐいぐい酒を呷り、すぐに酔っ払ってしまった。飲み放題は危険だ。赤い顔をゆらゆらさせる晴一を、広道は面白そうに眺めている。店内には神棚みたいなところに誰も見ていないテレビが置いてあり、他局のニュースが流れていた。

ない。

——新元号の発表は来年四月一日以降だということです。来年の春、俺はこの仕事を無事にやりきっとるんやろか。やはり自信も確信も持てそうにない。

「堤さん、何でテレビの仕事なんかやってはるんですか」

「何となく……向いてへんのはわかってます」

「あ、じゃあ志望しとったわけちゃうんですね」

なぜかほっとした口調になる。

「好きでやってることが適性ないと余計しんどいかなって思ってたんで……いやいやなら別にいいです。そんな人いくらでもいてますし」

バカにされてんのかな、と思ったが、にこにことキムチをつまむ広道にはみじんの悪意も感じられなかった。アルコールで口が緩んでいるだけのようだ。まあ、おっしゃるとおりやな、と納得した。好きじゃないから余計しんどい時もあるが、好きじゃないから自己嫌悪が突き抜けてしまうことはない。こっちかて好きでやってんちゃうわ、という逃げ道をつねに用意している。それでも一言くらい言い返してやりたくなり「並木さんみたいに何でもできる人間ばっかとちゃいますから」とこぼした。

「できないですよ。売れてない芸人ですし」

「これからのことはわかれへんし、そもそも、別に売れようと思ってへんでしょ」

その指摘に、広道はやや意外そうな表情になる。

「何でそう思うんですか？」

「病院以外の営業先で、全然ウケへんで見向きもされへんでも、けろっとしてはるから。メンタル強いんと別問題で、芸人としてもっと上に行きたいと思うんやったら、悔しいとか、もっと俺のほう見ろとか思うでしょ」

「ああ……」

広道は笑顔を崩さずジョッキを空にすると店員を呼んでレモンチューハイを頼んだ。

「そうですね、まあカメラ回ってないから言いますけど、向上心とか野心はないですね。前の仕事で、そういうぎらぎらしたもんはいやというほど見てきましたんで、今はゆうたと一緒にのんびり漫才できるだけで楽しいですね」

すこし下げた視線の先、隣の椅子にはゆうたくん入りのボストンバッグがある。レモンチューハイを持ってきた店員に「おんなじのもうひとつ」とオーダーすると、かすかにいやな顔をされた。いっぺんに頼めや、と思っているのだろう。だいぶぐずぐずに溶けてきた晴一の理性ではそれが被害妄想かどうかわからない。

「余裕っすね」と焼き鳥の串を指先でもてあそびながら絡んだ。

「そんなことないですけど」

「またまた」

どん、と置かれたチューハイをごくごく飲み下す。

「並木さんて女に振られたこともないでしょ」

「まあ、ないですけど」

「ほらやっぱり！　ぼくなんか、ついこないだ一方的に捨てられたばっかりですよ」

「何で捨てられたんですか」

「うじうじしたとこがあかんかったみたいです」

「何でつき合ったんですか」

暖房の効きすぎた店内でジョッキの表面はすぐにぬるくなり、手のひらが濡れる。やさしかったから、と晴一は答えた。

「やさしい人が一方的に捨てたりしますか？」

「それはぼくがあかんかったからで……合コンで知り合ったんです。ベタでしょ。局員の知り合いに呼ばれて……自己紹介するやないですか、ぼくはＡＤですって言うて……相手の子ら、全員が局員やと思い込んだんですよ」

実際、局員は五人中ふたりだけだった。彩美から「連絡先交換しよ」と誘われた時、ふたりで会う段取りをしている時も、晴一の胸中には「騙している」という後ろめたさがもやもやと漂っていた。高学歴、高収入のテレビ局員だと思って目をつけた男が、冴えない下請けの底辺だとばれたら――さりとて嘘を重ねる度胸もなかったので、晴一は早々にＬＩＮＥで局員ではないと白状した。すぐに返信があったが怖くて開けず、丸一日放置していると電話がかかってきてつい取ってしまった。

「既読つけへんねんけど」と怒る彩美は、晴一の消極的な嘘に対しては怒っていなかった。

――勘違いしたんはこっちやもん。まあ期待せんかったいうたら嘘になるけど……晴一くんのこと気になったからそこは別にええよ。

あの時の彩美はやさしかった。たったの数ヵ月で愛想を尽かされた自分のふがいなさが、抑え込んでいた胸の奥底からぐぐっとせり上がってきて急に酒もつまみも喉を通らなくなった。涙ぐんだ目に冷えたおしぼりを押し当て「すいません」と声を詰まらせる。広道は「混んできたし、出ましょか」と晴一を促した。しかしレジ前まできて、財布に千円札一枚しか入っていないことに気づき青ざめる。しまった、下ろすのを忘れていた。感傷など吹っ飛んだ。

「あの、スマホ決済で」

「うちは現金かカードのみです」

「あ、じゃあ、ちょっとコンビニ行ってきますんで並木さんすいませんけどここに……」

「いやいや、ぼくが払いますよ。後で精算しましょ」

広道がボッテガの財布からクレジットカードを取り出した拍子に、運転免許証が床に落ちる。

「あ、拾います」

「すいません」

広道の顔写真の横には、「古賀壮太」という、芸名と似ても似つかない名前が記されていた。並木広道のほうが似合うな、と思った。店を出てすぐにコンビニで金を下ろして返すと、広道は缶コーヒーを二本買い「ちょっと酔い覚ましましょうよ」と目の前の公園に誘った。ベンチからはぐねぐねしたタコの滑り台が見え、吸盤のところに解読不能の落書きがあった。

「無糖と微糖、どっちがいいですか」

「あ……じゃあ微糖でお願いします」

手渡された缶はそれほど温かくなかったが、プルタブを起こすと小さな穴から湯気が細く立ち昇り、炊飯器の炊き上がり寸前みたいやと思った。彩美が「これもう使ってへんから」とくれた二合炊きのジャーは今も晴一の部屋にある。もう、気まぐれに炊き込みごはんや「炊飯器で簡単にできるケーキ」を作ってくれる相手はいないのだと思いまた涙腺が緩みそうになったものの、さすがに今度はこらえた。うっすら甘いコーヒーをすすっていると広道が「あ」と上を指差す。

「今、流れ星見えましたよ」

「え」

どこですか、ととうに流れ去ったとわかりきっていて訊いてしまうのはどうしてだろう。

「南のほう……都会でも案外見えますよね」

「そうですか、ぼく、見たことないです」

「たまには空見上げんと」

「はは」

乾いた笑いが漏れる。そんなBUMP OF CHICKENみたいな世界観、あんたやったら似合うけどやな、と内心で毒づいてしまう。池尻のリア充ぶりはさほど気にならないのに、広道のやることなすこと、負い目のせいで裏返って何となくしゃくにさわる。

「お笑いって、あんくらいが理想やなって思うんですよ」

コーヒーを手の中で転がしながら広道がつぶやく。

「一瞬ワッて笑って、そんでちょっとええもん、いつもと違うもん見られてよかったな、ていうね……まあ、きれいでもかっこよくもないですけど、ラッキーみたいな」

端整な横顔の口元から、話すたびに白い息が出てくる。何や、まじでバンドのMVみたいな画やな、と思うと、急にカメラを回したくなった。スマホでもいいが、この瞬間の広道を映像に残しておきたくなり、そんな自分に驚いた。いっぱしのディレクターみたいなこと考えてどないすんねん。でも実行には移せなかった。「撮影」という仕事になれば広道のスイッチがぱちっと切り替わり、スマイル全開の「広道お兄さん」に戻ってしまうかもしれない。世のディレクターたちは、このギャップをいったいどうやって乗り越えているのだろうか。

「もうすぐ平成も終わりですねえ」

広道が唐突に言った。

「もうすぐって、でも、あと半年くらいあるでしょ」

「さっきのニュースでやってたじゃないですか、四月一日以降に新元号発表って。どんなんになると思いますか？」

わかるわけないやろ。

「イニシャルがM、T、S、H以外ってこと以外には想像もつかないです。あと漢字二文字？」

並木さんはどうですか、と問い返せば、芸人らしく大喜利で返すでもなく「何でしょうねえ」と首を傾げるだけだった。

「年末とかに『平成を振り返る』的な特番、なにわテレビさんでもやるんちゃいます？」

「かもしれないですね」

そして資料映像の手配くらいは命じられるのかもしれない。

「堤さんは平成って言われたら何がいちばん印象に残ってますか」

「東日本大震災です」

「ああ」

「並木さんは何ですか」

「阪神淡路大震災ですね」

迷いのない答えだった。ずっと大阪で暮らしていながら「東日本」を選んだ自分を薄情に感じるほど、広道の声は確信に満ちていた。阪神淡路大震災では家の中が散らかった。東日本大震災では特に実害はなかった。にもかかわらず後者を連想したのはまだ記憶に新しく、各種媒体で流れた情報量もけた違いだったからだ。広道が「阪神淡路」に言及するからには、「揺れて怖かった」以上の何かがあるのだろう。ただそこに踏み込んでいいのかわからず漫然と空を見上げていると、じょじょに目視できる星が増えていった。が、流れはしない。

被災したんですよ。ぼそりと広道が漏らす。コーヒーはすっかり冷めてしまっていた。晴一はすこし身じろぐ。足元で砂粒がじゃりっと鳴る音が思いがけず大きく響いた。

「避難所で二ヵ月くらい過ごして、空見上げる癖がついたんはそん時ですね。街が真っ暗なぶん、星がめっちゃきれいでした」

家に住めないほどの打撃をこうむって、それだけの思い出で終わるはずがない。震災当時広道は六〜七歳、十分にものごころついている。

「避難所の小学校に、芸人さんが慰問に来てくれはったことがあって……何ていうコンビやったっけ、色の名前がついた……体育館のステージで、漫才やって。みんなめちゃめちゃ笑ってて、ね、それが芸人やりたいと思った原点かもしれません。会社勤めしてる時、激務で、いっぺんベッドまでも辿り着かれへんで廊下に寝転がってもうたことあるんですよ。真っ暗な天井見上げて、星も見えへんな、て、一九九五年の冬に見た星空が人生でいちばんきれいやったとか考えてるうちに、漫才見たことも思い出して……」

なぜ芸人を目指したのか。これまでの取材でもちろん訊いたし、池尻からも聞いていた。

「あの、以前伺った、クリニクラウンに憧れてっていうんは……」

「まあ、嘘ではないんですけど、ぼくの中ではBコースの答えって感じですね。カメラの前で言う気になれへんいうか、そういうんってあるでしょ、誰にでも」

「はあ……」

晴一個人としてはもちろん理解できるのだが、VTRを作る目的で接している以上「ですよね」と安易に同意するわけにもいかない。そんな胸中を見透かしたように広道は「すいませんね」と苦笑した。

「ぼく、結構めんどくさいいうか、オープンに見せかけてそうじゃないところあるんで……こんなんやから、彼女もいてないんです」

どうせここ何ヵ月かの話やろ、と鼻白んだ。するとまた「ずっとですよ」とお見通しみたいな駄目押しをされた。

「彼女いない歴イコール人生ですよ、ぼく」

「嘘でしょ？」

芸人という不安定な身分の今は無理もない（養ってあげるという女はいくらでも見つかりそうだが）、でもこんな人当たりのいい男前に一度も彼女ができなかった、そんなことがあるだろうか。

「ほんまほんま」

スチール製のベンチで冷えてきたのか、広道はコートの前をかき合わせて笑った。

「せやからさっき、堤さんが元カノの話してんの、ええなあと思って聞いてました。楽しい思い出があって、振られて泣けるほど好きやったって、うらやましいです」

次の日、先輩ディレクターに一部始終を話すと「何やっとんねんお前は」と叱られた。

「何でそんな大事な話、オフレコやねん。カメラ回しとかんかい。改めてしゃべってもらえ」

「カメラの前では話したくないって言われてもうたんです」

「それで引き下がっとったら何も撮られへんやないか。交渉や交渉。そんだけ話してくれるいうことは、ある程度お前に気ぃ許しとるんやから、押せ押せ押せ。ただのええ人でV終わらす気か？　粘れ粘れ。攻めてけ」

ちゃんとせえよ、と発破をかけられてリフレッシュスペースのソファにぐったり沈んでいると、結花がひょっこり顔を出した。

「さっき詰められてへんかった？」

「若干な」

同じ話を繰り返すと結花は「難しなあ」と腕組みする。

「ちょっと心開いてくれたかなっていうタイミングで撮影のお願いなんかしたら、相手がハッと我に返ってまうかもしれへんもんな。あ、この人ビジネスやったわって」

「せやねん」

頷いてから、ふと疑問が起こった。

「心開いてもらってんのかな」

「そうちゃうん」

「よおわからん。どっか掴みどころない人やからな。めっちゃださいとこばっか見せてるし、同情されてんのかも」

「何でそういう卑屈な見方すんの？」

呆れられたが、晴一には事実だ。

「オープンに見せかけてるけど違う、て本人が言うてんから。彼女おらへん、とかも嘘かも、Bコースの答えかも」

「何でよ」

「女おらんなんて普通に生きとったらありえへん。俺でさえおったんやから」

「そんなんわかれへんやろ」

なぜか結花はむっとしたようすだった。

「人にはいろいろあんねんから、晴一さんにはまだ打ち明けてへん事情があってもおかしないやろ」

「たとえば？」

「……ゲイで、女の人とつき合われへんとか」

「何やそれ。んなわけないやろ、意味わかれへん。ゲイなら尚更興味もない女の話振って自虐すんなって思うやろ」

冗談きついわ、と晴一は笑った。結花が冗談を言ったのだと思った。だから自分も軽口で返したつもりだったのに結花はみるみる顔を強張らせて立ち上がる。

「おい、どないしてん」

「晴一さん、ほんまそういうとこやで」

くるりと背を向け、言い放つ。

「傷つきやすいくせして無神経」

あぜんとした。結花がどうして急に怒り出したのかわからなかった。いや、怒りよりもっと鋭利な、あれは軽蔑という名の感情だ。まあまあ仲がいいと思っていた仕事仲間に拒絶されたのがショックで、何がいけなかったのか問い質す勇気も出なかった。

翌日は午前中から社内で撮影だったが、先方の遅刻で想定外に待たされるはめになった。映画のプロモーションで主演俳優へのインタビューを撮るはずだったのに、かんじんの俳優が来ない。マネージャーは「体調不良で……」とぺこぺこ頭を下げていたが、当の本人がほんの数時間前、ツイッターに「ミナミで飲みまくり！」と投稿していたのをその場の全員が知っていた。インタビューの質問項目にSNS関連の内容も含まれていたので当然チェックしている。白けた空気の中、担当ディレクターが「ちょっと一件電話かけてこなあかんから」と耳打ちして立ち上がった。

「堤、笠原フォローしといて。あいつすぐ顔に出るからな、向こうの落ち度とはいえ女子アナが仏頂面でインタビューとかあかんやろ」

フォロー、すなわち何とかご機嫌を取ってにこにこさせろということだ。インタビュアーの笠原雪乃は一年目の新人だが、ふだんからあまり愛想のいいタイプではなく、我が道を行くという頑固さがうっすら感じられて、三木邑子とはまた違う意味で苦手だった――晴一に「得意なタイプ」など存在しないが。相手が売れっ子芸能人であることなどお構いなしに、真っ向から遅刻を非難してもおかしくなさそうな雰囲気はある。撮影用の椅子にかけて無表情でスマホを弄る雪乃に、晴一はおそるおそる「あの」と話しかけた。

「飲み物とか持ってきましょうか」

「いえ、結構です」

そっけない答えが返ってくる。五歳以上年下の相手に敬語を使うことへの抵抗感などとうに薄れたと思っていたが、雪乃の冷淡な態度はきのうの結花を思い起こさせ、何やねん、と苛立った。どいつもこいつも、俺を小馬鹿にしやがって。

「お手洗い大丈夫ですか」

「行きたい時は自分から言いますので、お気遣いなく」

ここで雑談を広げて空気を和ませるような芸当はできないとわかりきっているのに大人しく引き下がらなかったのは、結花へのやるかたない憤りのせいかもしれない。
「一時間も押して大変ですね、この後のスケジュール大丈夫ですか？」

すると雪乃は軽くため息をつき「先輩たちとランチ行く予定でした」と答えた。
「三木さんがお店取ってくれてたんですけど、時間的に厳しいので今わたしのぶんだけキャンセルしてもらうようにＬＩＮＥしたところです」

三木邑子の名前が出てきたので、晴一は「ああ、あの不倫しとった人」と返した。何ら深い考えはなかった。浅い考えとしては「女はこの手のゴシップが好き」「知り合いの下衆な話題は盛り上がる」「二十代の新人と四十代のお局は折り合いが悪いと相場が決まっている」というところだった。

しかしそんな晴一に雪乃が返した反応は「は？」だった。たったの一文字の中に、怒りも軽蔑も嫌悪も、あらゆる負の感情がぎちぎちに凝縮されていて、文字数に見合わない重苦しさで晴一の胃の底にずんっと沈んだ。石つぶての大きさなのに一キロくらいある、そんな感じだ。その後に続く罵倒なり文句なりを予想して息を呑む晴一に、雪乃は何も言わなかった。

ただ、顔をそむけて全身で「これ以上あなたと口をきくつもりはない」と語っていた。黙殺とは本当に「殺す」ことなのだと晴一は身をもって知った。雪乃の取りつく島もない沈黙は今まで食らったどんな雷より説教よりこたえた。「すまんすまん」とディレクターが戻ってくるのと入れ替わりにその場を離れ、進行台本に目を通すふりをしたり、カメラマンに話しかけたりして気まずさをごまかそうとしたが、押しに押したインタビューの間もずっと先ほどの失言が頭を離れなかった。

といっても反省の念ではなく、雪乃が三木邑子にチクるんじゃないかというみみっちい懸念だ。アナ部や局員連中からにらまれたりして、次の更新で契約切られたりして……どうせやったら今切ってくれ、そしたらもうVのことなんか考えんですむんやから。インタビュールームの鍵を警備室に返却した帰り、池尻に呼び止められた。

「あ、堤、ちょうどよかった。今話せる？」

顔を見た瞬間、猛烈に憎らしくなった。そもそも、お前が余計な情報を吹き込んできたからや。ちょっとした雑談で俺だけピンチに陥るんは不公平やないか。しかしその怒りは膨らみきって弾ける前に萎んだ。池尻が悪いわけじゃないことくらいわかっているし、言う相手を間違えて痛い目を見るのが晴一、池尻は無傷。そういう役回りなのだ。池尻は万事うまくやるやつで自分はその逆。今に始まったことじゃない。晴一は陰気な声で「うん」と返した。

「聞いたで、並木さんの件。何や震災がらみやってんて?」

「ああ……うん……」

「わかるで、お前、突っ込んだ話苦手やもんな。でも、密着っていう前提ありきで知り合ってんから、そん中でぽろっと漏らした言葉って結局心のどっかでは使ってほしいんちゃうかなあ」

「けど、カメラないからってしゃべってくれてんで」

「必ずしも本心ちゃうって。時間が経ったら気持ち変わることかってあるよ、人間やもん。俺もいろいろ震災の取材してるやんか、二十年以上経って初めて他人に話す気になったって言う人おったりするで」

「そうかもしらんけど……」

「何や」

「どう頼んだらええかわからん」

情けない悩みを吐露した。

「こないだの話、カメラの前でもっぺんしてくれませんかって言うんか? めっちゃ変な空気になりそうやん」

「お前ほんま当たって砕けられへんやつやな」

砕けるどころか、欠けた経験さえないやつが言うな、と内心で吐き捨てる。当たって、当ててきたやつの台詞や。当たる前から砕けまくってきた、砕かれまくってきた人間の気持ちなんか、お前には想像もつかへんやろ。

「ほな俺が口添えしたろ」と池尻がため息交じりに提案する。

「ただ話聞かしてもらうだけやったらメリハリないからな、その、慰問に来たいう芸人にもインタビューするんはどうや？」

先が見えない避難生活の中、あなたの漫才で笑わせてもらって芸人になりました──「いかにも」だがテレビ的なウケは悪くない。時期的にもちょうどいい。

「な、そしたら俺の震災特番と同じ日にオンエアしてもええし」

「けど、名前よう覚えてへん言うとったで」

「そんなんとっくに調べてあるわ。色の名前やろ、『イエローサブマリン良二《りょうじ》・浩二《こうじ》』や。聞いたことくらいあるやろ？　実際、避難所に行った時の映像も残ってる」

「子どもの頃、テレビでたまーに見たなあ。でも長いこと見かけへんで」

「事務所に電話して訊いたら、コンビ解散してもう辞めとったわ。でも連絡つけよう思ったら何とかなるやろ。てことで、今から並木さんに電話してみるわ」

「え、もう？」

「何をためらうことがあんねん。どうしてもＮＧやったらその時また考えたらええねんから、答えは早いに越したことないやろ」

どうしてだろう。池尻の瞬発力は「機敏」で、自分がまねすると「拙速」になってしまうのは。

「あっ、並木さんですか？　ご無沙汰してますー、池尻です」

即座に仕事モードのはつらつとした声量になる。

「すいません、取材、堤にバトンタッチしてから全然お会いできてなくて。あの、でも、一応バックアップいうか、話は聞かせてもらってました。並木さん、震災経験されてたんですよね……ええ、ええ――」

広道が電話の向こうで気分を害してやしないかとはらはらしたが、池尻は大丈夫やと言いたげな目配せをよこす。

「はい、それでちょっとご相談なんですけど、避難所に慰問に来られたっていう芸人さん、『イエローサブマリン良二・浩二』さんじゃないですか？……でしょ？　思い出しました？懐かしいですよね」

陽気な笑いでひと呼吸置き「で、ご相談なんですけど」となめらかに切り出した。

「もし、もしですね、『良二・浩二』のおふたりにアポ取ってご承諾いただけたら、会ってみる気ないですか？　もちろん会わへんまでも、そういう、しんどい時期に笑わせてもらって励まされて、同じ芸人の道選んだ子がおるって聞くだけで先方も嬉しいと思うんで、コメントもらってVに生かすみたいな……その時には震災の経験を、負担にならない範囲でお話しいただけたらなと……あ、オッケーですか？　ありがとうございます！」

立て板に水のオファーが功を奏したのか、呆気なく許可がもらえたようだ。ほっとする気持ちと、何や、と面白くないのとが半々だった。そんなあっさりOK出すんやったら、カメラの前で話したないとかもったいぶらんでええやん。俺が頼んだら断ったんちゃうんか。

「はい、じゃあまた段取りとかついたら堤のほうから、はい、ありがとうございます。お忙しいとこすいません。失礼しますー……」

電話を切ると池尻は「交渉成立」と親指を立ててみせた。

「もう、お前が最後までやってくれや」

「何でやねん。こんくらい自分でやらなあかんぞ。助けたってくれって中島さんとかも気にしてるから特別にサポートしたったんや、何かおごれよ」

とにかく、VTRにひとつの目処がついた。広道の日常から、芸人を目指した動機、震災の記憶と恩人との再会、ラストは震災からもうすぐ二十四年云々で締めれば格好はつくだろう。晴一は芸能畑が長いディレクターに頼んで事務所のマネージメント部門にコンタクトを取り、現在の『良二・浩二』の消息を尋ねた。数日後にメールで届いた回答によると、ボケ担当の浩二は既に病気で亡くなっていて、相方は今現在何をしているかわからないが一応フリーで活動しているとのことで、電話番号が添えられていた。一九九五年当時ですでに四十代半ばのベテランだったので無理もない。避難所で披露したネタを今の広道の前でもう一度やってもらうというプランを漠然と考えていたが、不可抗力で没にせざるを得ない。ほな墓参りのカットとか入れたほうがええかな、と思いつつかつてのツッコミ担当、佐川《さがわ》良二の携帯にかけてみた。いつもよりは迅速に動けたのは、池尻の鮮やかな電話のかけ方が記憶に新しかったからだ。

『……はい』

九コール、切ろうかなと思うぎりぎりで応答した男の声は、ボール紙を丸めたようにがさがさと乾いていた。フリーのピン芸人だというが、こんな声でしゃべりができるのだろうか。

「あの、佐川良二さんでしょうか、『イエローサブマリン良二・浩二』の……」

『ああ』

「お忙しいところ失礼します。なにわテレビの『ゆうがたアンテナ』という番組のスタッフをしております、堤と申しますが……」

どうしたって長くなる、しかし省くわけにもいかない前置きと説明をする、この時間がいちばん苦痛だった。

「九五年にですね、『良二・浩二』のおふたりが避難所でやった漫才を見て元気をもらったという方がいらっしゃってですね、ご本人も芸人をやっておられるんですよ」

『はあ』

精いっぱいはきはき話したつもりなのに、佐川のがさついた相槌はいたって無感動だった。あかんかも、と覚悟する。あれこれ皮算用したところで当事者が応じてくれなければそれでおしまいだ。ええと、と早くも乾いて粘ついてきた口内に唾を行き渡らせようと必死に舌を動かす。

「その、並木広道さんという方なんですが、ご本人に会っていただいて、再会の場面を撮影させていただくのは可能でしょうか」

『別にええよ』

予想に反してすんなりOKが出た。ありがとうございます、と言う声が上ずる。

「そしたら、一度軽く打ち合わせさせてもらってもよろしいですか。ご都合のいい時に伺いますんで……」

『いや、こっちから行くわ』

「え、でも」

『なにわテレビ言うたら福島やろ、昔何度か行かしてもろたから知ってんねん』

かつては〝そっち側〟の人間だったのだという、かすかなプライドの残り香みたいなものが晴一の鼻先をむずがゆくさせた。

「あ、じゃあお言葉に甘えて、いつがよろしいですか？」

『ちょお待って、スケジュール確認するわ』

辺りをごそごそ探る音が聞こえ、ややあって佐川は「あしたの夕方か夜でどないや」と言った。

「わかりました」

環状線福島駅の改札外の売店前に七時、と待ち合わせを決め、電話を切ってから広道に「アポ取れました！」とＬＩＮＥを送った。返信こそなかったが既読はついていたのでこのまま進めていいのだろうと判断し、翌日の夕方、オンエアを中抜けして福島駅に向かった。帰宅ラッシュでごった返すちいさな駅の構内で、濃いグレーのジャンパーを着た佐川の姿はすぐにわかった。ホームレスとまではいかないが、どこにも属している気配がなかったからだ。学校、会社、家族、何らかの「社会」からはぐれてしまった雰囲気は、「浮世離れ」という優雅な日本語には収まらない。ジャングルで隠れてる間に戦争終わっとった人って、ひょっとしたらこんな心許ない感じなんかなと思った。「佐川さんですか」と声をかけると

「ああ」と電話よりはいくぶんかまろやかな声が返ってくる。

「お忙しいとこありがとうございます。どっか、お店入りましょうか」

「あそこでええ」

駅前の商店街で適当な喫茶店を見繕うつもりだったのだが、佐川は信号の向こうにある高架下の飲み屋街を指差した。平成ももう終わるというのに、昭和がこびりついたような居酒屋の丸椅子に腰を下ろすや否や「生」と言う。

「あ、ビールですね、はい」

晴一が店員を呼んでいる間にも壁に貼られた品書きの短冊を凝視し、勝手にあれこれ頼んだ。突き出しのたこわさと一緒にビールが運ばれてくるとひと言もなくごくごく飲み始め、晴一が「番組の趣旨とか、改めてご説明させていただいてもよろしいですか？」と切り出すと「ああ」と頷いたものの、ちゃんと耳に入っているのかどうか怪しい。目が輝くのは料理が運ばれてきた時だけで、まぐろのブツやししゃも、牛の串焼きをひとりでたいらげ、焼酎のロックを注文した。

「企画のコンセプトとか、だいたいご理解いただけたでしょうか」という質問には、えずいたのかと思うほど派手なげっぷが放たれた。思わずうっと顔をしかめると、にやにや笑っている。単なる無作法ではなく、明確ないやがらせだ。対面して以降の不安がどんどん濃くなっていくのを感じた。ふたりがけの狭いテーブルには佐川が頼んだ品々が所狭しと並べられていく。ぶりのアラ、ほうれん草とベーコンの炒めもの、揚げ出し豆腐、豚しゃぶ、だし巻き卵……食べきれるかどうかは考えず、ただ目についたものを手当たり次第に注文したのは明らかだった。

「で、あの、出演のほうは、ご承諾いただけますか？」

「へえ」

佐川は急にへつらうような笑みを浮かべたかと思うと、晴一にぐっと顔を寄せ「なんぼや」と尋ねた。すぐには意味が呑み込めなかった。佐川の、紫色にしなびた歯茎や黄ばんだ歯、それから、何本も抜けた前歯の奥の、闇のような暗がりを見ながら、俺は何をやってんねやろと思った。

「なあ、兄ちゃん」

しびれを切らして佐川が貧乏揺すりをする。電車が頭上を通り過ぎる振動とやけにシンクロしたリズムだった。何のセッションや。

「あの……それは……」

晴一の鈍い反応に、充血した目を細めて「ギャラやがな」と言った。

「芸人やさかい、ただ働きはでけへんのよ。わかるやろ」

何やこいつ。何が芸人や、タカリやないか。晴一は向かいから見えないよう膝の上でこぶしを握り「すいませんけど」とへらっと笑った。ディレクターに無茶振りされた時に使う「勘弁してくださいよ」のサイン。自分を下の立場に置き、犬のように腹を見せていることを示す笑顔をうまく作れているのかどうか。

「報道局で担当してるコーナーですんで、バラエティみたいに金銭のお支払いはできないルールなんです」

「ほな、何かないんか」

佐川は貧乏揺すりで威嚇するかのごとく盛大に卓をふるわせた。

「商品券とか、そんなもんでも」

「あー、ちょっとないですねー」

実際のところ、動画や写真の提供者に薄謝として五百円のクオカードを進呈することはあるが、佐川がそれで満足するとは思えないし、きっちり在庫管理されているため晴一の一存で「これどうぞ」と配れるものでもない。

「何やしょうもない」

佐川は焼酎のグラスに残った氷を口の中に滑り込ませ、ちゃっちゃっとねぶってから、かろんと吐き出した。

「ほな、交通費だけちょうだい」

「え」

「ここに来るまでの電車賃や。わし、姫路から来とんねん、往復やで」

それが本当か嘘か確かめる方法も気力もなかった。スマホで電車賃を検索すると往復三千四十円だったので財布から三千百円出してテーブルに置いた。釣り銭などという話は当然出なかった。

「手間賃はまけといたるわ。ごっそさん」

晴一が差し出した名刺はテーブルの隅っこに追いやられたまま、しょうゆもしくは何かのタレ、とにかく茶色いしみで汚れていた。席を立った佐川に「あの」と呼びかける。

「被災地に慰問に行こうと思われたのはどうしてですか」

「そんなん兄ちゃん、金になるからや」

佐川の答えはいっそすがすがしいほど迷いがなかった。

「神戸行く言うたらやな、劇場のお客さんらとか芸人仲間が金預けてきよるんよ……ガソリン代にしてくれ、食いもん買うて持ってってたってくれ、言うてやな。もちろん全部は遣てへんよ。でもちょっとだけポッケナイナイして……神戸まで行くん、大変やったんやからな。道はめちゃめちゃ混んどってガソリン代も余計にかかったし。お駄賃もろても罰は当たらんやろ？　時効や時効」

佐川がひととおり箸をつけて食い散らかした料理を、そのままにして出ていくことはできなかった。食欲など皆無だったが烏龍茶で流し込むようにしてどうにか胃袋に収め、支払いをして外に出ると、冬の夜風がコートの隙間からぱんぱんの腹を冷やす。駅前の人混みはさらに密度を増し、すでにでき上がった酔っ払いたちの歓声を牢屋の中から聞くように遠く感じながら局までの短い道のりを歩いた。

何であんなこと訊いたんやろ、と自問する。あの老人から何か人間らしい言葉、温かく救いのある性根の切れっ端でも恵んでもらいたかったのだろうか。震災にいてもたってもいられず、傷ついた人々をせめて笑わせたいと——そんなん、テレビで流れとっても「さむ」って言うくせに、自己満足やって冷めた目で見るくせに。どうしてカメラの内側に立った途端わかりやすいストーリーを必要とし、相手にも求めてしまうのだろうか。佐川ががめついことと、晴一が思い描いていたシナリオに沿ってくれなかったことへの勝手な苛立ちは切り分けなくてはならない。

それにしたってきっついじじいやった。最初っから飲み食いするだけのつもりで来たんやろ。腹立ちの中にあわれみが混じる。芸人として、人間としてどのように生きてきたのか知らないが、腹いっぱいになっても手を止められないように見えた。意地汚いというのを通り越してもの哀しかった。うっすら浮かぶ危惧は「俺もこんな年寄りになったらどないしよう」だった。芽が出ない仕事に行き詰まり、家族や貯金もなく、二の腕の部分に謎のチャックがついたぼろいジャンパーを着て、タダめしを貪る。

いや、そもそも今、俺とあのじいさんにどんだけの差があんねやろ。「墓参りのカット」とか平気で考えてる時点で、似たようなもんちゃうんか。信号待ちの間、空を見上げた。赤い光を点滅させて飛行機が横切っていく。もしも星が流れたら、佐川良二がけちくさいだけの大金持ちでありますように、と願うだろう。見上げていじける自分には胸焼けがするが見下げて蔑む自分には胃がしくしく痛むから。

局に戻り、編集室の並ぶ廊下を歩いているとまた池尻に出くわし、「どうやった？」と首尾を尋ねられた。

「例の芸人、打ち合わせしてきたんやろ」

「ああ、うん……」

訊いてくれるなという気持ちと誰かに吐き出して楽になりたい気持ちとがせめぎ合う。段取りしてもらった手前もあるので「あかんかった」とかいつまんで打ち明けると池尻は苦い顔で髪をかき上げた。

「あちゃー……まあ、人生いろいろやな。並木さんにはごめんやけど」

そこでようやく広道のことを思い出した。

「……どないしよう」

「何が」

「佐川さんとアポ取れたって報告してもうた」

「アホやなお前、そんなんうまいこと話が進んでからでよかったのに。交渉うまくいきませんでした、すいませんでごまかすしかないやろ。Vの構成はまた考えるとして」

「せやな……」

つきかけたため息が、次の池尻の言葉で引っ込んだ。

「まあそれ、正直にぶっちゃけて反応見るんもドキュメンの醍醐味やけどな」

「自分何言うてんねん」

突然語気を荒らげた晴一に池尻は呆けたような表情を見せる。

「並木さんも、あのじじいも、俺らが好きに扱ってええ素材とちゃうやろ」

「わかってるよ。ほんまにやるなんて言うてへんやろ」

お前に言われるまでもないと言いたげに池尻の口調も尖る。でも晴一は止まらなかった。

「こんな小細工してる時点でドキュメンでも何でもないのに、何やねん。勝手なちょっかいかけたせいで並木さんが傷ついてもええんか？　テレビ的においしくて明確にやらせじゃなかったら何してもええんか」

「えらそうなことほざくな」

素材のテープが山と積まれた机を池尻がどんっと叩く。プラスチックのケースは崩れそうで崩れない。あの中にどれだけの人間の人生が、その断片が収められているのだろう。その中のどれだけが「ありのままの現実」なのだろう。

「お前の『傷つけたくない』の対象は並木さんちゃうやろ、お前自身やろ。自分が傷つきたくないだけの話やろ、人に配慮するふりして自分を守りたいだけのくせしやがって。一本のVも作ってへんやつがディレクターづらすんな。お前がぐちぐちめそめそ言うてる泣き言なんかな、こっちは百回経験しとるわ」

池尻の剣幕に押され、晴一は何も言えなくなりいつものリフレッシュスペースへと逃走した。今の気持ちをリフレッシュさせてくれるものがこの世に存在するとは思えなかった。未来永劫、池尻の顔をまともに見られないような気がする。八つ当たりに正論で返された気まずさより、保身と臆病さを見抜かれていたことへの羞恥がものすごかった。うまく取り繕えていると思っていたわけではないが、改めて指摘されると腹のど真ん中を太い棒で貫かれたようにショックだった。両脚をだらしなく投げ出し、コートのポケットからスマホを探り当てるとためらいながら広道にＬＩＮＥを送った。後悔と自己嫌悪で動けなくなってしまう前にこれだけはやっておかなければ。最低限の責任感というやつだろうか。それとも街録を手伝ってもらった恩を感じているから？　わからないが、自分が今、筋らしきものを通せそうな相手は広道しかいなかった。

『佐川さん出演の件、承諾いただけませんでした。こちらからお願いしたのにすみません』

向こうもちょうどスマホを触っていたのか、すぐに既読がついた。はや、とびる暇もなく電話がかかってくる。ごくりと唾を飲み込むとさっき詰め込んだだし巻き卵の味がまだ残っていた。

「……もしもし」

『あ、堤さん、お疲れさまです。さっきＬＩＮＥ見ました』

変わらず明るい「広道お兄さん」の声だった。非難されたいわけじゃないが、もっと残念がったりネガティブな感情を覗かせてくれてもいいのに、と思う。

「どうもすみません。ぼくの交渉の仕方が悪くて……」

懸念が頭をよぎった。こんな抽象的な説明では街録の時みたいに「じゃあぼくが自分でお願いします」と言い出すかもしれない。そうなると取材される当人が乗り気なのに撮影側が止めるというおかしな構図になりかねない。頼む、これで納得してくれ。胸中で祈っていると、あっけらかんとした声が聞こえた。

『よかったあ』

「え？」

『ポシャってくれてよかったですよ。実現したらどないしようと思ってました。だってあれ、出まかせなんですもん』

え、と短く発したきり二の句が継げなくなる。何や、嘘って。

「どういうことですか」

『いやー……何か、酒入ってたんもあってつい作り話してもうたんです。小学校の慰問の話は、子どもの頃にニュースで見て覚えてただけで。後から冷静になって、やばって思いましたけど、池尻さんにまで話いってもうてるし……最悪対面するってなったら適当に話合わせるしかないって内心でびくびくしとったんですよ。やから没になってほんま安心しました』

それでもまだ話が呑み込めない。

「何でそんな嘘言わはったんですか？」

『よくある話やないですか。サラリーマンに疲れたとかしょうもないし、ちょっとかわいそうな生い立ち足してみたくなって……芸人て結構多いですよ、話作ったり盛ったりするやつ。つい魔が差して……ほんまにすいませんでした。反省してます。堤さん、怒ってはります？』

いいえ、と答えた。事実、怒ってはいない。感情がついてこなかった。どいつもこいつもあれもこれも晴一の思いどおりには運ばない。その当たり前をたて続けに思い知らされただけの話で、飲食・交通合わせて約一万円の出費が痛い他は腹を立てるようなことでもない気がする。よくわからなくなってきた。この仕事が、自分が、人間というものが。

電話を切る前、どんな会話をしたのかよく覚えていない。ソファから立ち上がると目が回った。あれ、何やこれ、ぐるぐるしとんな。ふらつきつつ壁に寄りかかる。そのまましばらくじっとしているつもりだったがカーペットの上に音もなく伸びてくる影が見え、それが三木邑子だとわかると晴一は慌てて逃げようとした。しかし踏み出すと同時に視界がぐにゃんとゆがみ、猛烈な吐き気が押し寄せてきてその場に膝をついた。口元を押さえる。胃から喉にかけて波打っている。

「ちょっとあなた、大丈夫?」

すぐに邑子が駆け寄り屈み込むと、晴一の顔を見るや小脇に抱えていた新聞を床の上に広げた。

「吐きそう?　トイレまで保《も》たない?」

涙目でこくこく頷いたその振動がまずかったのか、体内の波はとうとう口の中にまで到達し、そのままごぼっと外にあふれ出した。それを三回繰り返した。食ったものが逆流する苦しさの中で、背中をさする邑子の手のひらの感触がやけに鮮明だった。幸い、服にはかからなかった。トイレで手と口を洗って現場に戻ると、邑子がさらに新聞紙をかぶせている。

「警備には連絡しておいたから」

晴一が苦手に感じていた、てきぱきした口調で言う。

「ノロの心配もあるからこっちで片づけなくていいって。具合はどう？　この時間開いてる病院はなかなかないけど……」

「あ、大丈夫です。ちょっと食べすぎとかで……もうすっきりしました」

はち切れるほど食べた後で血圧が急激に上下し、消化不良を起こしてしまったのかもしれない。熱っぽさや腹痛といった症状はなかった。

「そう、よかった」

心から安堵したように邑子は頷き、ポカリスエットのペットボトルを晴一に差し出した。まだつめたいので、わざわざ自販機で買ってくれたのだろう。

「わたしも会社で倒れたことあるけど、無理しないほうがいいわよ」

「あ、すいません、お金……」

「気にしないで。お大事に」

邑子がいなくなると、晴一はペットボトルを開け、ポカリをひと口飲んだ。うまい。身体の足りないところへ足りないものが補給されるのを感じた。半分くらい飲んで濡れた唇を拭う。このままではあかん、と思った。今以上、これ以上、自分にうんざりしたくない。報道エリアに取って返すと編集室に池尻の姿はもうなかったが、邑子はアナウンサーがいつも下読みをしている机で原稿に目を通しているところだった。この後の深夜ニュースに備えているのだろう。回れ右したくなる足を叱咤して近づくと「三木さん」と呼びかけた。邑子が顔を上げると同時に「すみませんでした」と頭を下げる。

「え、そんな気にしないでよ。体調不良なんか誰にでもあるんだし」

「いえ、そのことじゃなくて……」

手の中で、半分残ったポカリがかすかに揺れる。

「ぼく、三木さんを色眼鏡で見て、いないところで失礼なことを言ってしまいました。本当にすみません」

ひと息で言い切ってから上目遣いに窺うと、きょとんとしていた邑子の顔にやれやれと言いたげな苦笑が浮かぶ。

「百五十円で色を外して透明にしてくれるの？　安くついたわね」

「そういうわけでは……」

「心当たりがある、笠原でしょ。まあ、何も気にしてませんと言えるほどできた人間じゃないけど、反省してくれているのはわかりました。受け入れます」

やわらかくほほ笑み、またすぐ真剣な顔に戻って原稿と向き合う。晴一は邪魔にならないよう一礼してその場を離れた。

「すいませんちょっといいですか？　ここのリードなんですけど」と邑子の声。

「この『また、起きてはならない事件が……』っていう部分、もうちょっと具体的なほうが」

せやな、と今夜のデスクが応じる。

「決まり文句、つい便利で使てまうねんなあ、気ぃつけな」

「揚げ足取るわけじゃないですけど、『起きてはならない』って、じゃあ起きてもいい事件って何なの？　って思っちゃいますよね。当事者たちにとってはどんなことでも『起きてはならない』に決まってるでしょうし……」

晴一はそのやり取りを聞きながら手近な椅子に腰を下ろした。さっきの、広道の電話について考える。あれは何だったのか。晴一に気を遣わせないために被災の件は嘘だと言った、本当に口から出まかせを言っただけだった……どっちもありえるような気はするが、どこか釈然としない。考えろ。広道が何を考えているのか。人に訊くんじゃなくて、自分の頭で。

佐川が避難所に行ったのは事実。そこに幼い広道がいたかどうかは、今のところグレー。それを、本人の証言以外ではっきりさせるには。「ウラ取れたか？」といつも仕事中に飛び交う言葉がよみがえる。目の前のパソコンはスリープ状態で真っ暗だった。

晴一は再びなけなしの勇気を振り絞り、池尻に電話をかけた。

『……何や』

沼から這い出てきたようにひくく澱んだ声、でも逃げ出すわけにはいかない。

「助けてほしいねん」と訴えた。

『はあ？』

「さっきの、並木さんの件で、昔の新聞記事調べたいねんけど、俺はデータベースのアクセス権持ってへんから……」

池尻は黙り込み、ややあって「そんだけか？」と言った。

「俺が悪かった、ごめん」

『吉牛おごれよ、アホ』

五分ほどしてやってきた池尻の目は半ば閉じかかっていて「仮眠するとこやったんやぞ」とぼやいたものの、もう怒ってはいないようだった。

「すまん」

「ログインしとくから勝手にやってくれ。最後ログアウトだけ忘れんなよ」

「わかった」

記事検索のデータベースを起ち上げ、ＩＤとパスワードを打ち込む横顔にはやつれが目立った。モニターの光で目の下の隈はいっそう黒く見える。

「大変そうやな」

「ファーストカットが決まらへん」

ログインした後も、池尻はパソコンの前から動こうとせずつぶやいた。

「ものの数秒や、適当にしたかて視聴者は誰も気にせえへん。でも、ほんなら次の数秒は？　その次は？　ひとつおろそかにしてまうと、結局全部どうでもよくなる。俺がどうでもええもんにしてまう。そんなんはあほらしいやろ」

「うん」

池尻と、こんなふうに仕事の話をするのは初めてだった。

「おんなじテーマでおんなじ素材使ってもな、俺と比べもんにならんＶ作るやつなんかいくらでもおんねん。嫉妬すんのもおこがましいレベルで、見上げても見上げても届かへん、そんな連中ばっかりや。それでも、必死こいて『俺のＶ』を作るしかないねん。仕事やからな」

池尻の劣等感や苦悩さえ、晴一にとってはまぶしく見上げる対象だ。その真剣さ、その矜持。でも、池尻を違う世界の住人だとは思わなかった。

「終わったら、ぱーっと吉牛行こや」

晴一は言った。

「そんな安いご褒美で頑張れるかい」

「牛すき鍋膳頼んでもええぞ」

「うなぎにしてくれ、牛小鉢ついたやつな」

池尻が席を立つと、晴一なりのウラ取りを開始した。画面の検索バーに「並木広道」と入れてみる。結果は0件……ちゃうわ、あれ芸名やん。削除。居酒屋で偶然目にした本名を必死に思い出そうとする。壮太……壮太や、下の名前は。あかん、名字が出てけえへん。

試しに「壮太　震災」で検索すると、十件超の結果がずらずらと表示されたが、どれも広道とは無関係な話題だった。たまたまここに保存されていないだけなのか、やはり広道の虚言だったのか。晴一はパソコンから離れられなかった。

まだ納得がいかない、そのこだわりはどこからくるのかと考えれば、「阪神淡路大震災です」と答えた広道の、無防備なまでにまっすぐな瞳が浮かんでくる。一九九五年の冬、避難所で見上げた星空が人生でいちばんきれいだったと語ったあの晩の広道が嘘であってほしくないからだ。これも俺の勝手なシナリオを押しつけてるだけなんやろか。スケベ心出して、違ったからって裏切られたように感じるのはお門違いやのに。頭の後ろで両手を組み、背もたれをしならせる。目を閉じても煌々と灯る照明のせいでまなうらがまぶしい。ここ、電気消えてんの見たことないな。でかい地震でも起こったら停電するんかな、と想像したが、自家発電設備くらいは当然あるのだろう。夜中までロケや編集が食い込み、街が静まり返った時間帯に外から見上げると、いつもほっとした。愛着も情熱もないくせに、あそこに誰かおる、と思うだけで安心できた。こんなに明るいせいで、星の光は霞んでしまうけれど。

そしてまた思考は広道に戻り、ボストンバッグを提げて今にも旅に出そうな姿勢のいい立ち姿を脳裏に描き——ボストンバッグ。相方。

せや。晴一は目を開き、再びパソコンに向き直って検索を始めた。今度は「震災　ゆうた」「震災　雄太」「震災　勇太」「震災　悠太」……あった、かもしれない。クリックして全文を読むと、まだ発生から数日の混乱はなはだしい時期の記事だった。「神戸市長田区に住む古賀太一さん宅では、四歳の悠太くんがたんすの下敷きになって死亡」という一文が、数々の痛ましい被害情報に紛れて記されていた。こんな事例が、あの日の神戸には本当に掃いて捨てるほどあったに違いない。たった四歳の子どもが、寝ている間にたんすにつぶされて死んでしまうなんて、起きてはならないことのはずだった。晴一が「めっちゃ揺れたな」と家族で話し合っていたあの朝、いったいいくつの「あってはならない死」が積み重なっていたのか。人形のゆうたくんを連れて歩き、大切に扱っていた広道を思い出すと、事実を知る前よりさらに心苦しかった。ぽろっとこぼしたものの、後から嘘だとバリアを張った広道の複雑な心情はその比ではないのだろう。嘘だと言う嘘を受け入れ、知らないふりをするほうが広道のためなのかもしれない。それでも、見なかったことにするという選択肢は晴一にはなかった。


数日後のオンエア終わり、カメラバッグを携え局を出て行こうとした時「晴一さん」と呼び止められた。結花が、少々ばつの悪そうな顔で佇んでいる。

「また例の人の取材？」

「うん、アポ取れたから」

「こないだはごめん」と結花が言った。

「個人的な思い入れがあって、晴一さんの言葉にいらっとしてもうてん。その気持ちは今もあるけど、晴一さんは何も知らんで言うたんやし、態度悪すぎたなって反省した」

「……いや、俺のほうこそ、悪かった」

頑張ってきーや、と背中を叩かれる。結花の個人的な思い入れというのを晴一は知らないし、これからも知る機会はないと思う。たまたま同じ職場で働いているだけの他人に過ぎない。でも、薄い関わりであろうと縁は縁で、思いがけず誰かの魂にそっと指先が掠める瞬間というのは確かにあり、自分が望むと望まざるとに関係なく、尊い一瞬だと思う。それを疎んじたり軽んじたりしていたら、人の間で生きていけない。

阪急梅田駅のＢＩＧＭＡＮ前で待ち合わせだった。約束の七時半よりすこし遅れて広道がやってくると晴一は真っ先にボストンバッグを見て「ゆうたくん」と言った。

「弟さん、ですか」

出会い頭に切り出さないと訊けなくなる気がした。広道はぱちっと目を見開き、それから「はい」と素直に頷く。

「すごいな、何でわかったんですか」

「一件だけ、昔の新聞記事見つけて」

「そうなんですね。取材とかは全部断ってたのに、情報が出てるもんなんですね」

改札前の大型モニターにはきらびやかな宝塚歌劇の映像が流れ、阪急三番街はいたるところクリスマスのディスプレイやバーゲンの広告であふれていた。ほんの一ヵ月前には彩美と「クリスマスどうする？」と話し合っていたのに、思い描いていた未来とまったく違う「今」にいる。こんなはずじゃなかった、ここにいるはずの人を失った、という思いは、行き交う人々の中にもきっとあるだろう。広道はにこやかさを保ったまま「こないだの歩道橋、行きませんか」と誘う。あちこちに枝分かれした歩道橋の、ＪＲ大阪駅南口改札につながる階段前では路上シンガーがオリジナルかカバーかわからないバラードを熱唱していた。階段を上り、手すりに寄りかかるとそのへたくそな歌声や車のクラクション、横断歩道の「ぴっぽう、ぴっぽう」という電子音がごっちゃに混ざって聞こえてくる。大阪駅構内のアナウンスもかすかに聞こえた。静かな場所じゃないのが却っていいと思えた。互いに気楽だ。

「いつも悠太と同じ布団で寝てました」

扇町通を見下ろして広道が言う。

「あの日は……前の晩、ちょっと兄弟喧嘩したんです。お風呂の順番とかそんなどうでもええことがきっかけで騒いで母親からぼくだけ怒られて、寝る時になってもまだ弟にむかついとったんです。それで、いつもと違う、扉に近いほうのポジションに陣取りました。弟は窓の近くが嫌いやったんです。カーテンがひらひらすんのがお化けみたいで怖い言うて……せやから当然『お兄ちゃんそっちと代わって』ってべそかいてました。でもぼくは意固地になって『さっきはお前がえこひいきされとったやろ』って譲りませんでした。兄貴やからいうてあれもこれも自分の意見が通らん、っていう不満が溜まってたんでしょうね、もちろん親は平等に育ててくれてたと思うんですけど……。弟は、悠太は、一階で寝てる両親にチクりに行くこともなくて、しばらくぐずぐずべそかいてましたけど、じきに静かになりました。

ぼくはそれを背中向けて聞いてて、いつの間にか寝て……この世の終わりかと思うような揺れでぱっと跳ね起きた瞬間、頭の方角にあったたんすが倒れてきました」

あらかじめ話す用意をしていたかのように流暢な語り口だった。広道が話し上手だというだけでなく、「あの朝」と「前の夜」を数え切れないほど頭の中で再生してきたからだと思った。片手はつめたい手すりの上で握り拳をつくり、もう片方の手にはゆうたくんを提げて。

「いつもと同じやったら、ぼくが意地悪せえへんかったら、逆やったんです。ぼくが死んで悠太が生き残った。ほんのちょっと日常のルーティンがずれた時に限ってあんな大地震が起こるなんて、そんなん、誰が思いますか。誰にわかるんですか。人生って、運命って何やねんって思いませんか。最後に聞いたのは悠太の泣き声で、最後に悠太に思ったんが、うるさい、しつこい、で」

はいもいいえも、広道は求めていない気がした。どちらを突き詰めようが「弟だけが死んだ」現実を納得できるわけがない。それでも問わずにいられないのだ。どうしてあの子が、と。

「……その話、誰かにされたことありますか」

「ないですねえ。親は、言うても絶対にぼくを責めないのわかってますし。何もならんでしょ」

「ほな、何でぼくに打ち明けてくれたんですか」

「何ででしょうねえ」

広道は困ったように笑う。

「新しい元号のニュース見て、何や、ほんまに平成終わるんやなあ、って。平成が終わったら、震災のことも歴史の年表の一行に閉じ込められて、誰もぼくと悠太のことを知らんまま時代が変わるっていう焦りが急に湧いたんです。毎年、十二月から一月十七日にかけてはちょっと情緒不安定になるんですけど……せやからまあ、タイミングですわ。それにしても人選が微妙やなあって思わんでもなかったけど、あのままスルーしてしまわんと、調べてくれてありがとうございます。……悠太のこと、知ってくれてありがとう」

考えるより先に、口から出ていた。「今の話、使わしてください」と。広道がゆっくりとこちらを見る。静かな眼差しにひそんでいるのは怒りや失望や軽蔑かもしれない。それでも言わなければならないと思った。

「カメラの前で話してください。二十四年近く経っても受け入れられへんかった、平成が終わるけどまだ忘れられへんことが、平成に置いていきたくないことがあるって。きっと、並木さんの他にも同じような人がいっぱいおると思います。そういう人に……ひとりでも届いたらええなって思ったんです。街録もようせんヘタレですけど、やってみたいんです。他の

「いえ、全然」

広道は実にあっさりと答えた。

「おもんなくて、ぼくだけじゃなく全員やけくそで笑ってたと思います。笑わなやってられるかいって状態ですね。人に笑かしてもらおうなんて思っとったらあかん、自分から笑いにいかんと——そういう、謎の一体感は生まれましたね。せやから今もほんまに感謝してます」

「なるほど」

正直、もうあの老人と接点は持ちたくない。でも、どこかで自分のVを見て、何かを感じてもらえたらそれは嬉しい。あの時は儲かったな、だけでも。歩道橋の上で別れる前、広道が「これはまじでテレビには出されへん話」と前置きして、言った。

「彼女できたことないいって言うたでしょ。ぼくね、慢性的な不眠症で、特に人と一緒に寝られへんのです。朝起きたら死んでんちゃうかって怖くて動悸がしてくる。ゆうたくんを抱っこして寝たら、やっと朝まで熟睡できるようになったんです。思い込みかもしれへんけど、弟にちょっと似ててね。せやから今も毎晩一緒に寝てます。そんな男いやでしょ」

ぽんぽん、とボストンバッグ越しにやさしくゆうたくんを撫でる。

「病院に行くべきなんかもしれませんけど、ぼく、いやなんです、ゆうたくんがおらんでも大丈夫な自分を嫌いになると思う。『心のケア』なんかしていらん。治りたくない、忘れたくないんです。せやからこのまま、ひとりでもええんです」

晴一は、あれこれ考えなかった。「いいと思います」と答えた。トラウマとかカウンセリングとか、そんな小難しい言葉は必要ない。

「彼女つくるよりゆうたくんが大切でも、全然ありですよ。無理して変わる必要ないです」傷は傷のまま、悲しみは悲しみのまま。時は流れ、「あの日」は巡り、不在の思い出が胸の中だけに降り積もる。

「ありがとう」

広道の笑顔の下で車の列が流れ、足元がすこし揺れた。ほっとしたような笑顔だった。晴一には何の権力も権限もないのに、こんな自分の言葉でわずかでも安心してくれた。広道が背を向けて歩き出す。晴一は、自分が吐き出した白い息の向こうで遠ざかる後ろ姿を見送った。いつものように立ち去るタイミングをはかることなく、見えなくなるまで見ていようと思った。もし広道が振り返ったら軽く手を振り、ここにいます、と伝えよう。

ここにいて、あなたを見ています。あなたという人を、ほんのすこし知っています。

砂嵐に花びら

死んだ父親が撮った映像でいちばん好きなのは、桜の風景だった。見渡す限りピンクの雲が連なっているような名所ではなく、目を瞠るような映像美でもなく、どこにでもありそうな公園の、満開の桜。陽射しを受けてうたた寝しているようにかすかに揺れる枝にはいっぱいに開いた花がひしめき、うららかでいて圧倒される盛りの眺めに思わず見とれる絶妙のタイミングでふっと輪郭がぼやけ、画面奥の花見客にピントが合う。桜並木を見上げてベビーカーを押す若い母親の前を、花びらが横切る。

お天気コーナーの短いインサート映像で、報道カメラマンとして社内外で評価されてきた父にとってはつまらない仕事だったかもしれない。でも、これが記憶にない父親をもっとも身近に感じられる形見だった。ファインダーの向こうのベビーカーに、生まれたばかりの息子を重ねて焦点を合わせた、そんなふうに思えてならない。故人となった父のやさしい眼差しや、息遣いを想像すると胸が温かくなる。

父の同僚が生前のＶＴＲをまとめてくれたＤＶＤは三十時間以上にもなったが、陽介《ようすけ》は桜の映像ばかりリピートして「もっとええ作品があるでしょ」と母に呆れられたものだった。

想像の父に会い、心で呼びかけるうち、自分もこんな仕事をしてみたい、と思うようになった。

きょうも、「辞めます」って言われへんかった。

スタジオ外の廊下で、頭からかぶりものを取ってため息をつく。周囲は息苦しさから解放されたせいだと思うだろう、いや、誰も陽介の動向になど気を配っていない。オンエアが終わったばかり、演者は引き上げ、スタッフはばたばたと後片づけにかかっている。両腕のパーツを引っこ抜き、思いきりかがみ込んでもぞもぞと胴体部分を脱いだ。そしてぶ厚いロングブーツみたいな両足を外せばようやく着ぐるみから解放される。空調の効いたスタジオ内でも十五分が限界だ。暑くて蒸れるし重いし、先人たちの汗がしみ込んでつんとくるにおいもきつい。約三時間の生放送中、短い出番がちょこちょこあるので何度も着脱を繰り返さなければならない。せめてもの気休めにと、がらんどうの胴体にサーキュレーターで風を送っていたら「バイトくん」と声をかけられた。

「これ、来週のお花見のチラシ。適当にコピーしてみんなに配って、出欠取っといて」

「はい」

『「ゆうがたアンテナ」大お花見会！』というポップなフォントを見るとただでさえ低いテ

ンションが地を這うほどに下がる。来週金曜日のオンエア終わり、靭《うつぼ》公園に集合……七時半くらいから始まるとして、終わるのは十時頃、どうせそこからまた居酒屋とかに流れて……金曜日の夜はつぶれることがほぼ確定した。バイトは会費無料だしちゃんと時給も発生するが、家で映画でも観るつもりだったのに。スマホの電源を入れるとバイトメンバーのLINEグループに早くも分担表なるものが回ってきていた。陽介の仕事はオードブルを注文して当日取りに行くことと、片づけた後のごみを局に持ち帰ること、らしい。もちろん事前に希望など訊かれなかった。『都合悪い人は申告してくださーい』とあったが言えるわけがない。場所取りやったら楽やのにな、オンエアさぼれるし、スマホいじっとったら時間経つし。

ばらばらになった着ぐるみのパーツを見下ろす。子どもが見たら泣くかもしれない。「なにわテレビ」のマスコットキャラクター、なぜかシロクマの「ナニーワ」は近くで見るとあちこち薄茶色く汚れている。

大学進学のタイミングで「報道カメラマンになりたい」と打ち明けた時、母親は「やめとき」と即答した。

——あんた「3K」って聞いたことある？　きつい汚い危険の三拍子、まさにあれや。かっこええもんとちゃう。お父さんを間近で見てたお母さんが言うんやから間違いない。それに、テレビ局ってめっちゃ体育会系やねんで。あんたみたいな引っ込み思案には勤まらへんよ。

自らもADとして業界で働く中で父と出会い、結婚した母の言葉には説得力があった。それでも陽介が譲らずにいると「ほな、いっぺんやってみ」となにわテレビでバイトの口を探してくれた。父は取材中に亡くなった。ロケ車で雪の高速道路を走っている最中、スリップした大型トラックとぶつかるというまさに「不幸な事故」で、局には何の責任もない。にもかかわらず、二十年が経った今でも当時の同僚が母と陽介を何かと気にかけてくれている。

そうして夕方の報道番組についたものの、一ヵ月、いや二週間で「おかんは正しかったんやな」と痛感した。要領が悪く、人見知りな陽介には肉体より精神的な負担が大きいバイト先だった。周囲とコミュニケーションを取りながらどんどん仕事を見つけ、臨機応変に優先順位を見極めて動かなければ、末端の作業が滞っただけでもオンエアに影響する。陽介は声が小さく、気も小さく、そして身体も小さかった。百五十八センチ、身長が伸びなかったせいで声も気も大きくなれなかったと思っている。百八十センチ超で堂々とした体軀だった父とは比べるべくもなく、母が「やめとき」と言ったのも第一にはこの貧弱なフィジカルを案じてのことに違いない。産みの親として、はっきり指摘するに忍びなかったのだろう。

もちろんそれくらい自覚していたが、実際テレビの現場にお邪魔してみると、メンタル面でも向いていないことを突きつけられるばかりだった。他のバイトは有名大の学生ばかりでみんなてきぱきとよく働き、局員や演者相手でも臆せず（でも礼儀は欠かさず）話しかけていた。コネで潜り込んだ陽介は肩身が狭い。

早々に辞めたくなっていたが、母親に口を利いてもらった手前、あまり簡単に尻尾を巻くわけにもいかない。鬱々とした気分で週二回通い、半年経った頃、「ナニーワ」の中に入ってくれ、と言われた。それまではプロの着ぐるみアクターが演じていたのだが、契約の問題で少々こじれ、コストカットの必要もあったため「身長百六十センチ以下のＡＤかバイト」で回していくことになった。ディレクターから「ちっちゃい子おって助かったわあ」と無邪気に言われた時、何とも言えずみじめな気分だった。コンプレックスを重宝がられたことより、自分が着ぐるみ担当に回ってもオンエア業務に何の支障もないと確信されていたことが。

その一方で「ナニーワの中の人」役は楽なのも確かだった。テレビに映るという緊張感はもちろんあるのだが、顔を出すわけではないし、基本的にはアナウンサーに合わせて頷いたり首を振ったり、簡単なリアクションをするだけでいい。何より、着ぐるみをまとっているとみんな（特に女性陣）が「ナニーワ元気？」「かわいいね」と声をかけ、じゅうたんみたいな質感の毛並みを撫でてくれる。ナニーワの中にいる時だけ、陽介は名前も覚えてもらえない透明人間同然の「バイトくん」じゃなかった。そんなふうにゆるキャラとして構われて安堵する自分が情けなく、バイトを始めて一年経つのをしおに、もうええやろ、と辞意を伝えようと思っているのだが、これも小心な陽介にはなかなか難しい。ふわふわした憧れだけで適性のない業界を志望した己の浅はかさを悔いても遅い。

花見を控えた金曜日のオンエア、オープニングで「この春小学校に入学した子どもたちの『将来の夢』」というアンケートが紹介された。もちろんあらかじめ決まっていたトピックだが、サブMCの女子アナが突然「ナニーワの将来の夢は、何かな？」と尋ねてきた。

夢？　陽介は焦り、とにかく何か反応しなければととっさにカメラを担ぐジェスチャーをした。ナニーワの中にいる時、視界は開いた口のメッシュ越しにかろうじて確保されるようになっている。狭い穴から見えるスタジオの反応は「ん？」と微妙なもので、やば、と後悔した。伝わってへんやん。すいません、と思わず口をついて出そうになったが、質問を振った女子アナに助けられた。

「ナニーワ、カメラマンになりたいの？」

そうそう、頭部が落ちそうなほど勢いよく何度も頷く。

「そっかー、こうしてスタジオにいると、カメラマンさんかっこいいもんね、頑張ってね」

どうにか平穏にやりおおせたと思ったのに、スタジオをハケて頭をすぽっと外した途端

「おい」とディレクターに怒られた。

「何や今の、カメラマンて。ナニーワの将来の夢は『カフェを開く』や。ＨＰに書いてあるやろ、ちゃんと把握しといてくれ」

いや知らんがな、と思ったが、目端のきくやつならマスコットキャラのプロフィールくらい予習しているのだろう。はい、とうなだれてため息を呑み込む。きょうの花見が終わったら絶対言おう、と何度目かの決意を固める。宴会の真っ最中はまずいから、いったんお開きになって二次会に流れるタイミングでプロデューサーにこっそり申し出よう、そんな段取りばかりシミュレーションしながら放送終了を迎え、慌ただしく花見の準備をして、乾杯の後はブルーシートの隅っこでちびちびコーラを飲んだ。

「チキンナゲット食いたない？」

誰かが言った。誰かは問題じゃない。誰かが確かに言ったのだから、下っ端は「行ってきます！」と挙手するだけだ。そのくらいの処世術は身につけていたので、陽介はパシリに立候補し、公園のすぐ近所にあるマクドナルドでナゲットやポテトを買い込んだ。

戻る途中、遊歩道のベンチにひとりで座る若い女を見つけ足を止めた。さっき、ナニーワとして絡んだ笠原雪乃アナだ。酔い覚ましだろうか、カメラが回っていない時は割とそっけない印象なので、大人数の宴会に疲れたのかもしれない。街頭に照らされた夜桜を見上げる横顔も白く縁取られ、鼻の頭や唇がほのかに光って見える。そうだ、辞めることで頭がいっぱいで、夜桜を楽しむ余裕もなかった。

両手に提げていたマクドの袋を片方にまとめると、空いた手でデニムのポケットを探り、スマホを取り出した。動画撮影のアプリを立ち上げ、録画を始める。まず空。いつの間にかグレープフルーツ色の半月が冴えている。そこからゆっくりパーンダウンで桜、彼女の横顔を捉えたらズームして背後の桜にフォーカス――陽介は何も考えていなかった。液晶の中の景色は自分のもので、覗いている間は誰にも邪魔されない魔法の時間のように感じていた。だから雪乃がふっとこっちを見た途端、険しい表情に変わった時は驚いた。十メートルも離れていないのだから気づかれるのは当然で、我に返ってすぐさま停止ボタンをタップしたが手遅れだった。雪乃は立ち上がり「今撮ってたでしょ」と近づいてくる。言い逃れできるような度胸も機転もなく、陽介は「すいません」と小柄な身体をさらに縮めた。辞めるまでもなくクビになるかもしれない。それならそれで――いや、あかん、おかんにしばかれる。

「見せて」

「はい」

大人しくスマホを差し出すと、雪乃は短い動画を何度かリピートし、眉の角度を若干和らげ軽く頷く。

「これ、送ってください」

「え？」

「わたしのスマホに」

エアドロで、と言われるままにAirDropで送信すると、その次は「消して」と命じられるまま、陽介は端末の動画を削除した。

「勝手に撮られるの、不愉快です。やめてください」

「はい、すみません」

「もし見たくなったら、見せてあげるから言うてください」

「えっ？」

「そっちで保存されるのはいやですけど、いい動画やったから闇に葬るんも忍びないし」

雪乃は笑った。

「カメラマンになりたいって言うてましたもんね。あれ、ナニーワじゃなくて小野《おの》くんのことでしょ」

自分の名前を覚えてくれていたこと、ナニーワの中の人だと認識されていたこと、どちらも想定外だった。

「ごめんなさい、わたしが急にアドリブで振ったせいで怒られて」

気の利いた言葉が出てこず、ただ首を横に振る。

「さっきの盗撮は許してあげるから、これでチャラ。で、わたし、もう帰ります」

ベンチに置いていたトートバッグを抱え直して歩き出し、すぐに足を止めた。

「チキンナゲット、ひとつだけください」

「あ、はい」

三十ピース入りのでかい箱を取り出して開けると、雪乃はひとつつまんでおいしそうに食べた。そしてふたつ目に手を伸ばし、陽介の口元に差し出す。どぎまぎしながらちいさく口を開けると遠慮なくぐっと突っ込まれ、慌てて前歯で食らいついた。

「これで共犯……じゃ、お疲れさま」

今度は振り返らずに遠ざかる背中を、ナゲットをもぐもぐ嚙み締めながら見送る。満開の桜はやわらかな夜風にさえしなりとほどけて花びらをひらめかせている。陽介の胸を吹き抜ける風はもっと強かった。恋愛フラグ、なんかじゃない。雪乃にそんなつもりがいっさいないことくらいわかる。

ただ、オンエア中の「頑張ってね」は陽介自身に向けられた言葉だった。雪乃は、ナニーワの皮をかぶったのっぺらぼうの下っ端にではなく、陽介に言った。それが新しい風を生み、縮こまっていた心臓に空気を送り込んでくれたのがわかる。

そうか、頑張ってもええんか、俺は。こんなことで前向きになれるなんて、単純極まりないやん。

ナゲットの最後のひと口を飲み込み、笑う。

頑張っても駄目かもしれない。あしたにはまたへこたれてしまうかもしれない。でも、今は。この夜は。父が遺したVとは違う桜がひらひらと宙を泳ぐ、こんな春の夜は。

解説

山内健太郎

皆さんはじめまして。物語の美しい余韻に浸っておられるところ失礼します。『砂嵐に星屑』の解説を仰せつかりました、山内健太郎と申します。毎日放送という大阪のテレビ局で番組制作に従事している者です。

今回、一穂さんからご指名をいただき担当者の方と打ち合わせを行ったとき「なぜ私なのでしょうか？」と質問しました。テレビ局を舞台にしたお話ですからテレビマンにオファーが来るのまではわかりますが、世の中には知名度のあるテレビマンもいらっしゃいます。

担当者の方の答えをまとめると「テレビ局で働く名もなき人たちが主人公なので……」というものでした。なるほど、それなら私に任せてください！　と心を決めた次第です。開き直りでもなんでもなく、今回は名もなきテレビマン代表として、解説を書かせていただきます。「誰だお前は?」と思っていた方も、ここまで読んでしまったからには是非最後までお付き合いください。

遅ればせながら簡単に自己紹介させていただくと、これまで「ちちんぷいぷい」「痛快!明石家電視台」「ジャイケルマクソン」「オールザッツ漫才」「ソガのプワジ(※)」など関西ローカルのバラエティ番組を中心に制作し、現在は東京支社で「情熱大陸」「プレバト!!」「日曜日の初耳学」「推しといつまでも(※)」「全日本高校先生クイズ選手権」といった全国ネットの番組を担当してきました。ただ私が立ち上げたレギュラー番組は、数多く挙げた中で2つだけ(※の番組)です。20年やっても、これくらいなのです。さらにどちらも終了しています。まさに星屑テレビマンです。

2021年に「情熱大陸」で漫才師の和牛に密着したことがきっかけで、一穂さんと知り合ってファンになり、私の番組にコラムを執筆していただいたこともありました。

残りの文字数で一穂さんの作品の魅力を語ることも余裕でできるのですが、担当者の方から「(今作の舞台でもある)在阪局のリアルを書いていただきたいです」というオーダーもありましたので、「在阪局のテレビマン」視点で解説をしてみようと思います。

【解説1】

「放送した瞬間から『過去』になって流れ去っていく、テレビなんて空しい仕事」（P14）

今はTVerなる便利なものが生まれ、全国各地の番組が簡単に見逃し配信で視聴できるようになりましたが、かつてテレビは「一度放送したら終わり」のメディアでした。その刹那的な運命が魅力のひとつだったのかもしれませんが、制作者（特に地方局の者）は「より多くの人に観てもらいたい」と常々思っていました。

そんな思いがきっかけとなったのか、2000年代に入って訪れたのが、バラエティ番組のDVD化ブームです。DVD化は人気番組の証となっていたので、購入したりレンタルしたことがある方も多いのではないでしょうか。私もあるローカル番組のDVD化を目論みましたが、マネージャーさんに「売れなかったらタレントの名に傷がつくので……」と断られたことがあります（無念……）。

バラエティ番組とは違い、パッケージ化することはあまりなく、更にTVerとの相性が決していいとは言えないニュース番組を担当している邑子が「放送した瞬間に『過去』になっていく」と今も思うのも無理はないかもしれません。

【解説2】
「大阪の人って、独立独歩みたいな顔をして、実は東京が気になって仕方がないって感じ」（P17）

在阪局の人間であれば誰もが共感するであろう部分です。東京のキー局よりお金はないけど、地方局ほどないわけでもない。関西ローカルの番組で「らしさ」を追求する一方で、全国ネットの枠も持っているので「東京には負けたくない」という意地と憧れをもっている。その結果、中途半端な番組がいくつも生まれたと思います（実際、私もその一端にいました）。
ただ関西には芸人さんが多くいるので、出演者に困ることはありません。未来のスターたちと出会えるのは在阪局の大きなメリットのひとつです。しかし、それと似て非なるのが名古屋の局です。ひと昔前は「名古屋の番組では、関西から売れた芸人さんをあまり起用しない」という流れがあったそうです。東京から新幹線に乗れば1時間半で来られる名古屋は地の利を生かし、東京からタレントさんを呼ぶことが多かったのです。番組のテイストは似てるけど、出ている出演者に「関西臭」がしない……これが私の名古屋の番組のイメージです。

【解説3】
「番組入りからの尺（中略）一分読み間違えればオンエアに大きく影響するし、提供の告知

タイミングなどはスポンサーも絡むのでミスは許されない」（P158）
生放送においてTKさんはなくてはならない存在です。私が生放送を担当していた時、CM入りと同時に「12分押してるよ！　どうする？」という絶望的な宣告をされて、一回聞こえなかった振りをしたことがありました。最終的には「次のコーナーでとりあえず3分巻きます！　VTR降りのトーク短くしてください！」などと指示をしてなんとかするのですが。
そして関西のTKさんは、東京に比べてやることが多いです。時間管理に加えて、サイドスーパー（「北海道物産展から生中継！」みたいなテロップ）なども出さなければいけません。テロップを出したり引いたりしながら時間管理までするのです。理由は、お金がないからです。一人何役もこなさなければいけないのは関西の局ならではかもしれません。すごい能力だと思います。あと、実際男性のTKさんに会ったことはありません。

【解説4】
「やりたいかやりたくないかで言うなら断然後者だ」（P214）
私がこの業界に入った20年前は「ADはディレクターを目指すのが当然」という風潮がありましたが、今はすっかり変わりました。「一回ADやってみたくて」という人たちもたくさんいます。最近私は自分についてくれたADさんには必ず「ディレクター目指してる？」

と聞くようにしています。目指していたら「この編集はな……」と先輩風も吹かせられるのですが、目指していないならただのはた迷惑な風になってしまうからです。昔あるバラエティ番組で一緒になった若いADさんから「将来はホラー映画を撮りたいです！」と言われて「この街ブラロケ、役に立つことあるかなぁ……」と遠くを見た記憶があります。

【解説5】

「スタジオ外の廊下で、頭からかぶりものを取ってため息をつく」（P307）

昔から番組の着ぐるみキャラクターが画面に登場することはよくあり、私の知っているあるキャラクターは専属の「着ぐるみ師（すいません造語です）」が入っていました。

ある時、番組で地方のゆるキャラに出演依頼をしたところ「着ぐるみセットは送るので、あとはそちらでお任せします」と言われて、頭と胴体が大きな段ボールに入って郵送で送られてきたことがありました。そこには「ポーズ一覧」と書かれた取扱説明書のようなものが同封されていて「とりあえずこのポーズをしとけば大丈夫です」とのことでした。

結局身長が合ったスタッフが着ぐるみの中に入り、出演者のトークに合わせて「ポーズ一覧」の中から次々とポーズを繰り出すという、合ってるのかどうかよくわからない放送になったことがあります。陽介が、あの日のゆるキャラに重なりました。

以上、私なりの経験を踏まえて、物語の中からいくつかエピソードの解説を書かせていただきましたが、最後に一穂さんの魅力について拙筆ながら少しだけ。

かつて一穂さんとのやり取りの中で「本当の自分がわからない」という悩み相談に近いことをしたことがあります。一穂さんからの返信は「唯一の『本当の自分』なんていないんでしょうね。ミラーボールみたいな人格の、どこに照明が当たっているかに過ぎなくて」というものでした。ハッとしました。私は、この言葉に一穂さんの作品の魅力が詰まっている気がするのです。

一穂さんの作品の登場人物は決して完璧ではありません。でも自分のでこぼことした部分も少し認めてあげることで、また一歩踏み出していく。そんな物語を読んだ私たちも、どこか自分を重ね、陽介のように「頑張ってもええんか」と前を向ける。一穂さんの作品にはそんな力があると思います。

冒頭でも触れたように、私は全国に数多《あまた》いるテレビマンの一人でしかありません。まさに星屑です。この作品の登場人物だってそうです。一穂さんはそんな星屑たちに光を当ててくれます。

日々の仕事や生活に挫けそうになった時、私は一穂さんの作品を読み返します。邑子や中島、結花や晴一、陽介といった星屑たちが繋がりあい、夜空に星座を描くがごとく輝く姿を見せてくれたように、名もなき私も誰かから見れば星座の一部を形づくっているかもしれない。ならばもう少し頑張ってみようか……と、読むたびに勇気をもらうのです。

——毎日放送　テレビプロデューサー・ディレクター

この作品は二〇二二年二月小社より刊行されたものに、
初版特典短編「砂嵐に花びら」を追加したものです。
この物語はフィクションです。
実在する人物・団体とは一切関係ありません。

JASRAC 出 2310334-301

幻冬舎文庫

●最新刊
さあ、新しいステージへ！
毎日、ふと思う　帆帆子の日記22
浅見帆帆子

生まれ変わったように自分の視点を変えてみたら、次々願いが形になっていく。息子の成長とともに、親としての成長も感じる毎日と周囲で起こる出来事を包み隠さず描いた日記エッセイ。

●最新刊
ぼくが生きてる、ふたつの世界
五十嵐　大

ろうの両親に育てられた「ぼく」は、ふつうに生きたいと逃げるように上京する。そこで自身が「コーダ（聴こえない親に育てられた、聴こえる子ども）」であると知り――。感動の実話。

●最新刊
リボーン
五十嵐貴久

いくつもの死体を残し、謎の少女と逃走した雨宮リカを、警視庁は改めて複数の殺人容疑で指名手配した。一連のリカ事件に終止符を打つことはできるのか？「リカ・クロニクル」怒濤の完結篇！

●最新刊
寂しい生活
稲垣えみ子

原発事故を機に「節電」を始め、遂には冷蔵庫も手放した。アフロえみ子が、生活を小さくしていく中で便利さ・豊かさについて考え、生きるのに本当に必要なことを取り戻す、冒険の物語。

●最新刊
神奈川県警「ヲタク」担当　細川春菜7
哀愁のウルトラセブン
鳴神響一

特撮番組の特技監督がカメラクレーンのアームで殺された事件の手がかりは、いずれもウルトラセブンに関連。特撮ヲタクの捜査協力員への面談を重ねる細川春菜が突き止めた意外な犯人像とは？

砂嵐《すなあらし》に星屑《ほしくず》

一穂《いちほ》ミチ

令和6年7月15日　初版発行

発行人――石原正康
編集人――高部真人
発行所――株式会社幻冬舎
〒151-0051東京都渋谷区千駄ヶ谷4-9-7
電話　03(5411)6222(営業)
　　　03(5411)6211(編集)
公式HP　https://www.gentosha.co.jp/
印刷・製本―中央精版印刷株式会社
装丁者――高橋雅之

幻冬舎文庫

ISBN978-4-344-43395-3　C0193　い-75-1